Engelsfeuer

Heinz Körner

Engelsfeuer

Phantastische Erzählung

Bibliografische Information der Deutschen Bibliothek:
Die Deutsche Bibliothek verzeichnet diese Publikation in der Deutschen Nationalbibliothek; detaillierte Daten sind im Internet über <http://dnb.ddb.de> abrufbar.

9 783940 808028

Belletris-Verlag

www.belletris-verlag.de

(D) € 12,90

Herstellung: Books on Demand, Norderstedt

Titelbild: Annelie Mundt
Umschlaggestaltung: Tamara Pirschalawa
Lektorat: Tamara Pirschalawa
ISBN: 978-3-940808-02-8

Statt eines Klappentextes

Geht es Ihnen manchmal auch so?

Sie bekommen neue Kollegen oder Nachbarn oder lernen neue Menschen kennen – und das sind Christen. Oder Sie treten eine Stelle in einer christlichen Einrichtung an.
Sie lernen also Christen kennen und freuen sich. Denn Sie gehen davon aus, dass es sich hier um Menschen handelt, die sich zumindest ernsthaft bemühen, christlich zu denken und zu leben, die sich also auch entsprechend verhalten und gut mit ihren Mitmenschen umgehen. Die sich weitgehend nach den zehn Geboten zu richten versuchen. Die nach Möglichkeit im Geiste von Jesus Christus handeln – oder sich wenigstens human verhalten.

Und dann kommt die Ernüchterung: Auch bei Christen wird intrigiert und gemobbt, wird gegiftet und gestichelt, werden hinter dem Rücken anderer Gerüchte über sie verbreitet. Da wird ebenso gelogen und gestohlen, fremdgegangen und betrogen – wie überall sonst auf der Welt.
Und Sie fragen sich unwillkürlich: Finden diese Menschen ihre Religion denn nicht gut genug, um einigermaßen danach zu leben?

Und kennen Sie auch das?

Sie reden mit einem Gläubigen, z. B. mit einem Christen. Sie stellen die eine oder andere berechtigte Frage und stellen verblüfft fest, dass diese Leute scheinbar ihren Verstand, ihre Intelligenz und jegliche logische Vernunft vergessen, sobald sie über ihren Glauben und ihre Überzeugungen reden. Selbst die unwiderlegbare Realität wird unter Umständen schlicht geleugnet, nur damit es wieder ins System passt.

Und wieder fragen Sie sich unwillkürlich: Wozu hat ihr Gott ihnen dieses großartige Geschenk namens Gehirn gemacht, wenn sie es nicht hin und wieder benutzen?

Oder kommt Ihnen das bekannt vor?

Sie spüren genau, dass z. B. ein überzeugter Christ einfach nicht zu seinen Gefühlen stehen kann, sie unterdrückt oder gar leugnet. Dass er so tut, als gäbe es für ihn bestimmte Emotionen gar nicht. Und das alles nur, weil es nicht so richtig in sein Weltbild und zu den Vorstellungen seines Glaubens passen würde. Was nicht sein darf, das gibt es einfach nicht – auch wenn es nun mal da ist.
Und Sie fragen sich wieder: Warum weisen Christen diese kostbare Gabe Gottes, fühlen zu dürfen, so von sich, warum verachten und negieren sie manche Gefühle?

Dann haben Sie sich für das richtige Buch entschieden. Herzlichen Glückwunsch! Sie werden ein paar erstaunliche Dinge lesen – von der einen Seite, aber auch von einer anderen Seite …

Manchmal, liebe Leser, manchmal ist es sinnvoll, eine Sache mal von einem anderen Blickwinkel aus zu beleuchten, sie von der anderen Seite aus zu sehen, den Standpunkt zu wechseln und alles aus dieser Sicht zu betrachten. Also gewissermaßen das Buch umzudrehen und es von der anderen Seite zu lesen.

Heinz Körner, Jahrgang 1947, Autor (und Herausgeber) zahlreicher Bestseller (wie z. B. „Johannes“, „Sarah“, „Die Farben der Wirklichkeit“, „Alle Farben dieser Welt“, „Eifersucht“ u. a.), legt hier mal wieder ein ungewöhnliches und verblüffendes Buch vor, das Sie noch lange beschäftigen wird.

Aufgewühlt bin ich.

Verwirrt.

Und auf seltsame Weise berührt.

Ich sitze gerade auf meinem Lieblingsplatz, diesem herrlich alten, riesigen Sessel, den die meisten Besucher bewundernd als eine Art Thron bezeichnen.

Vor mir das Telefon.

Auf dem Schreibtisch neben mir ein kleines, rätselhaftes Heft, das mich zutiefst erschreckt hat.

Aber auch berührt.

Und mein Leben von Grund auf verändert.

Zu meinen Füßen sitzt Angel, mein prachtvoller Hund – und vielleicht mein bester Freund.

Spät ist es.

Draußen hat bereits die Nacht ihr vom Mond beschienenes Tuch über die Stadt gelegt. Sturm kommt auf und peitscht Regen gegen das Fenster.

Es ist einfach herrlich, bei solchem Wetter in der Wohnung zu sitzen und zum Beispiel eine riesige Tasse Milchkaffee zu trinken.

Heute kann ich das nicht so genießen wie sonst.

Auch Angel spürt das, blickt mich immer wieder treuherzig an, als wolle er mich auffordern, ihm doch mein Herz auszuschütten. Als wolle er besänftigend so etwas sagen wie: Das wird schon wieder, Herrchen, mach dir keine Gedanken. Doch zugleich winselt er immer wieder leise vor sich hin, als mache er sich Sorgen.

Um mich? Oder um etwas anderes?

Eben habe ich am Telefon ein ebenso verstörendes wie auch bemerkenswertes, lehrreiches Gespräch geführt. Es wird mir noch lange zu schaffen machen, da bin ich mir sicher. Und es hat mir eine Menge zu denken gegeben. Und dann ist etwas geschehen, was ich immer noch nicht verstehe, was ich verzweifelt in mein Weltbild einzufügen versuche.

Nun bemühe ich mich, das Gehörte und Erlebte zu verdauen und zu sortieren. Was soll ich glauben, was nicht?

Sind meine Ansichten über diese Welt und ihre Menschen doch zu oberflächlich? Sollte mein Weltbild total falsch sein?

Und wenn es wahr ist, was ich eben erfahren habe – wie soll ich mit diesem Wissen weiterleben? Unter all den Menschen, die keine Ahnung haben?

Doch um zu verstehen, wie ich mich in diesem Augenblick fühle, muss ich ein wenig ausholen. Dazu ist es unumgänglich, eine höchst sonderbare Geschichte zu erzählen, die mir vor ein paar Tagen passiert ist.

*

Es war nachts um zwei. Da klingelte mein Handy.

Wer mochte das um diese Uhrzeit sein?

Egal. Ich beachtete es einfach nicht, es würde sicher jeden Moment wieder aufhören. Also drehte ich mich um, kuschelte mich wohlig ins Kissen, zog die Decke über den Kopf und wollte in Ruhe weiterschlafen.

Doch das Ding hörte nicht auf zu klingeln. Wer auch immer das sein mochte, er versuchte es noch einige Male hintereinander und ließ sich auch nicht mit der Mailbox abspeisen. Entweder war es ein ziemlich penetranter Mensch, oder es war offenbar sehr wichtig.

Vielleicht war auch etwas Schreckliches passiert?

Dieser Gedanke schoss mir blitzartig durch den Kopf. Obwohl ich keine Ahnung hatte, was denn hätte passiert sein können. Nachdem nun auch noch Angel, er schläft stets neben meinem Bett, etwas nervös wurde und aufgeregt fiepte, rappelte ich mich schließlich mühevoll auf und saß erst mal ein paar Sekunden lang verwirrt da. Ich versuchte, einigermaßen wach zu werden. Dann rieb ich mir die Augen, kratzte mich am Kopf und versuchte, meiner Gefühle und Gedanken Herr zu werden. Schließlich nahm ich entnervt das Gespräch an.

Christopher war es. Ein vierzehnjähriger Bengel, den ich allerdings sehr mochte. Und der Sohn meiner langjährigen Freundin Annemarie. Eine in mancherlei Hinsicht bemerkenswerte Frau, und übrigens eine überzeugte und offensichtlich begeisterte Christin – was in diesem Fall noch eine besondere Bedeutung erfahren sollte.

„Du bist es?“, knurrte ich, und es klang vermutlich nicht besonders freundlich. „Weißt du, wie spät es ist?“

„Weiß ich, Mann, bin ja nicht blöd! Tut mir auch leid. Aber ich brauche dringend Hilfe. Wirklich ganz dringend! Sonst würde ich um diese Zeit nicht anrufen.“

Angel war offenbar zufrieden und schlief wieder ein. Wie gerne hätte ich es ihm gleichgetan! „Und das muss unbedingt nachts um zwei sein?“, brummte ich stattdessen ins Handy. „Du solltest in deinem Alter um diese Zeit längst schlafen!“ Wie gesagt, der Junge war vierzehn Jahre alt. Und ich mochte ihn sehr, das ist nicht nur wichtigtuerisches Gerede. Manchmal glaubte ich, fast eine Art Vaterersatz für ihn zu sein. Trotzdem hat ein Vierzehnjähriger um diese Uhrzeit normalerweise zu schlafen.

Übrigens würde auch ich jetzt viel lieber noch ein wenig weiterträumen, anstatt mitten in der Nacht mit einem pubertierenden Jüngling zu telefonieren.

„Ja. Ist mir klar“, sagte der gerade. „Aber es geht nicht. Mann, ich brauch wirklich deine Hilfe!“ Der Junge war vielleicht hartnäckig!

Christopher drängte: „Tobias, es ist wirklich ernst. Mann, es handelt sich immerhin um meine Mutter. Ich hab echt Angst um sie.“

„Wieso denn das?“ Mit einem Schlag war ich deutlich wacher als vorher. „Was ist mit ihr? Ist sie nicht zu Hause?“

„Das ist es nicht. Sie hätte es mir gesagt, wenn sie ausgehen wollte. Gestern war immerhin Freitag, Mann! Da ist sie manchmal abends noch lange weg. Das weißt du doch.“

„Klar. Bin ja schon oft genug selbst dabei gewesen“, brummte ich. „Aber Freitag ist heute, mein Junge, gestern war Donnerstag.“

„Tobias! Es ist nach zwei Uhr. Wir haben bereits Samstag!“

„Sorry. Bin noch nicht ganz wach. Hast natürlich Recht.“

„Du bist jedenfalls der einzige richtige Freund meiner Mutter, der einzige, dem ich vertraue. Du weißt ja, was ich von den anderen halte“, erklärte Christopher. „Großes Gerede und Getue, alles angeblich großartige Freunde und noch tollere Menschen. Aber nur, wenn's ums Labern geht! Wenn's mal drauf ankommt, ist keiner wirklich für dich da.“

„So schlimm ist es nun auch wieder nicht“, versuchte ich einzuwenden.

„Von wegen! Außerdem sind die doch alle so was von weltfremd, Mann! Du kennst sie ja. Die haben doch keine Ahnung, was heute so abgeht in der Welt. Du schon. Deshalb traue ich dir als Einzigem zu, dass du ihr irgendwie helfen kannst."

Das stimmte mich schon ein wenig friedlicher. Ärgerlich war ich trotzdem noch immer. „Okay, okay, aber nun mal langsam: Was ist denn los mit ihr?"

„Das weiß ich doch auch nicht. Sie ist so komisch, seit sie nach Hause gekommen ist. Da stimmt was nicht. Sag mal, können Menschen plötzlich verrückt werden? So von einer Sekunde auf die andere?" Aufgeregt und hektisch versuchte er dann, mir sein Problem zu schildern. Demnach hatte sich seine Mutter, als sie am frühen Abend nach Hause gekommen war, schnurstracks in ihr Schlafzimmer begeben und dort eingeschlossen. Seitdem hatte sie es angeblich nicht mehr verlassen.

„Ist das dein Ernst?", fragte ich irritiert. „Sie muss doch auch mal aufs Klo oder so …"

„Kann sein, dass sie das schon war. Hab ja nicht die ganze Zeit vor ihrer Tür gewartet."

„Na ja", versuchte ich zu erklären und konnte mir bei meinem erleichterten Aufatmen ein Schmunzeln nicht verkneifen, „Frauen sind manchmal sonderbar. Das weißt du in deinem Alter längst. Sie wird sich mit irgendwelchen Problemen rumschlagen. Du kennst sie doch. Jetzt geht für sie scheinbar die Welt unter. Und morgen lacht sie darüber schon wieder."

„Tobias, das ist es nicht! Ich weiß, sie ist meistens total cool, doch manchmal kann sie auch ganz schön abgedreht sein. Aber das ist es nicht. Heute verhält sie sich anders als sonst.

Übrigens hat sie auch nicht ihre Tage oder so, falls du daran denkst. Und sonst, Mann, da brüllt sie wenigstens mal, ich solle sie gefälligst in Ruhe lassen. Oder sie schmeißt was gegen die Tür und schreit, ich solle mich endlich verpissen. Heute hab ich noch keinen Ton von ihr gehört – außer dass sie immer wieder ziemlich laut rumheult. Versteh doch, ich mache mir wirklich Sorgen um sie."

„Du sagst was von Heulen. Das hört sich nun mal nach Kummer an, und das kennen wir doch von ihr. Vielleicht hatte sie Ärger im Büro? Oder ist eine alte Schulkameradin gestorben? Vielleicht wurden ihr auch die tollsten Schuhe aller Zeiten direkt vor der Nase weggekauft?"

„Sonst könnte ich ja vielleicht darüber lachen, aber heute ist das ein blöder Witz!"

„Wie wär's mit Liebeskummer?", schlug ich vor.

„Nein! Da sagt sie mir immer, dass sie jetzt ein paar Stunden allein sein will und Zeit für sich braucht. Ist ja auch okay. Aber hier stimmt was nicht. Bitte, komm doch vorbei! Mir antwortet sie nicht mal. Aber wer weiß, mit dir redet sie vielleicht."

Etwas an dem, was er erzählte, machte mich stutzig. Ich war zu müde, um es zu erfassen. Ich konnte ja nicht mal einen klaren Gedanken fassen, wie sollte ich da komplizierte Situationen erkennen oder durchschauen? Aber mir wurde auch mehr und mehr äußerst mulmig zumute. Ich hatte das Gefühl, dass es hier um mehr ging als um übliche Probleme.

„Okay", sagte ich, „ich zieh mich rasch an und komm zu euch. In fünfzehn Minuten bin ich da. In Ordnung?"

„Danke, Mann!", sagte Christopher. Seine Erleichterung war sogar durchs Handy zu spüren.

Ich beeilte mich, so gut ich konnte. Kaltes Wasser ins Gesicht und über die Handgelenke, rasch das Nötigste anziehen und ab ins Auto. Angel wartete freudig erregt an der Tür und witterte wohl die Chance auf einen unverhofften Spaziergang mitten in der Nacht. „Tut mir leid, Junge", sagte ich beruhigend. „Das ist nichts für dich. Du musst brav zu Hause bleiben. Und wenn ich zurück bin, gehen wir spazieren." Ich ging davon aus, dass ich nicht allzu lange bleiben würde und hielt es für eine gute Idee, nach der Rückkehr noch ein wenig frische Luft zu schnappen. Angel war ohnehin zu jeder Tages- und Nachtzeit für Spaziergänge zu haben. Zum Glück wohnte Annemarie im gleichen Stadtteil, so dass ich in zehn Minuten dort war.

*

Inzwischen wird aus dem aufkommenden Sturm ein handfestes Sommergewitter. Wie das gesamte Wochenende über, so war es auch heute sehr heiß gewesen. Der Regen hat die überhitzte Luft abgekühlt, der Sturm für Erfrischung gesorgt. Doch war das wohl auch ein zu heftiger Widerspruch zu den hohen Temperaturen des ausklingenden Tages gewesen.

Als kämpften zwei ungeheure Mächte gegeneinander …

Nun donnert und blitzt es wie verrückt, während es zugleich aus allen Kübeln schüttet. Irgendwie passt das zu meiner Stimmung. Man sagt, dass ein kräftiges Gewitter reinigend sein kann.

Doch zunächst will ich die Erinnerung an diese sonderbare Nacht vom letzten Freitag und meine Erzählung unterbrechen, weil ich alle Fenster schließen muss.

Angel ist sonst die Ruhe selbst. Auch mit solchen Gewittern geht er normalerweise gelassen um. Doch jetzt sitzt er fast ängstlich unterm Tisch und winselt leise. Ob es an der Heftigkeit des Gewitters liegt? Oder spürt er nur meine innere Verfassung, ist deshalb empfindlicher und furchtsamer als sonst? Ich weiß es nicht.

Währenddessen wird er missmutig von Jericho beäugt, meiner Katze. Sie sitzt, wie so oft, zwischen meinen liebsten Büchern im Regal. Man kann ihr förmlich am Gesichtsausdruck ablesen, was sie von Angels Gewinsel hält. Es scheint ihr nicht gerade zu imponieren. Jericho – ein seltsamer Name für eine Katze, aber den hatte sie schon, als ich sie von Annemaries Freundin bekam. Damals, als ich mich spontan in dieses wilde und schöne kleine Tier verliebt habe, als sie noch winzig, knuddelig und froh war, in Angel einen großen Freund zu haben. Heute hält sie Hunde offensichtlich für ziemlich beschränkt und nimmt sie wohl nicht sonderlich ernst. Ich meine oft zu spüren, dass sie auch Angel für ein Wesen hält, das man notgedrungen hinnehmen und ertragen muss, das aber einer Katze wie ihr nie und nimmer das Wasser reichen kann.

Seltsame Namen haben die beiden, ich weiß. Viele haben das Gefühl, es müssten entweder die Namen oder die Geschlechter vertauscht werden. Angel sei doch kein Name für einen Hund! Und dann auch noch einen Rüden! Und Jericho? So dürfe allenfalls ein Kater heißen. Ich finde es gut so und freue mich immer darüber, wenn all diese Vorurteile und Klischees bei anderen ein wenig über den Haufen geworfen werden. Außerdem liebe ich seit jeher ungewöhnliche und verrückte Namen. Und Jericho kam ja bereits mit diesem Namen zu mir. Später erfuhr ich, dass sie ihn verpasst bekam, weil man sie für einen kleinen Kater gehalten hatte.

Als das letzte Fenster geschlossen ist, steht die Nacht plötzlich in Flammen. Ein ungeheurer Blitz erhellt die Nacht. Und sofort kracht ohrenbetäubender Donner. Das Gewitter ist beängstigend nahe.

Als ich mich wieder setze, drückt Angel sich fest an meine Beine, legt seinen Kopf auf meine Füße und blickt ängstlich zum Fenster.

Ich nehme einen ordentlichen Schluck aus meinem Topf mit Milchkaffee und starre gedankenverloren nach draußen. Natürlich kraule ich dabei Angel hinterm Ohr, was er trotz seiner Angst mit einem leichten Grunzen quittiert. Jericho döst vor sich hin und beachtet uns nicht weiter.

Was in ihr wohl vorgehen mag?

Und so erinnere ich mich weiter zurück an die Nacht von Freitag auf Samstag.

*

Ich musste nicht mal an der Wohnungstür klingeln, Christopher öffnete sofort. Er hatte offenbar schon gewartet. „Danke, Mann“, flüsterte er. „Ich mach mir wirklich Sorgen.“

„Ganz ruhig“, sagte ich und klopfte ihm auf den Rücken. „Wird halb so schlimm sein. Hat sich inzwischen was geändert?“

Er schüttelte den Kopf und blickte mich hoffnungsvoll an. „Angel?“, fragte er. Wahrscheinlich hatte er gehofft, dass ich meinen Hund mitbringe. Er liebt ihn über alles, hätte ihn sicher gerade jetzt zu gerne geknuddelt. Ich kann das gut verstehen.

„Zu Hause“, antwortete ich und merkte, dass der Junge Mühe hatte, seine Fassung zu bewahren. So leicht war Christopher nicht zum Weinen zu bringen, zumal er – wie die meisten Jungs in seinem Alter – um jeden Preis in allen Situationen cool wirken wollte. Ein Mann zeigt nun mal keine Gefühle. Weinen kommt schon gar nicht in Frage. So in der Art. Schade, aber das gehört wohl zum Mannwerden dazu. Und die meisten Frauen stehen eben auf Männer, die niemals Gefühle zeigen und keine Miene verziehen, egal was auch geschieht – selbst wenn die gleichen Frauen ständig das Gegenteil beteuern. Haben sie sich dann so ein Exemplar angelacht, jammern die gleichen Frauen ständig rum, weil der Mann einfach keine Gefühle zeigen und nicht mal darüber reden will. Das mag noch so eigenartig sein, doch als Junge, der die Mädchen entdeckt hat, muss man sich heutzutage darauf einstellen – und möglichst cool wirken.

Bis Christopher die Fassung verliert, muss also schon eine Menge passieren. Offenbar war er gerade doch sehr aufgewühlt und hatte tatsächlich Angst um seine Mutter.

„Hör mal“, sagte ich und bemühte mich, so ruhig, stark und gelassen wie irgend möglich zu wirken, „jetzt erzähl ganz genau, was passiert ist.“

Immer wieder ins Stocken geratend, berichtete er aufgeregt, dass seine Mutter wie üblich am Abend nach Hause gekommen sei. Sie habe ihn mit einem seltsam durchdringenden Blick angesehen, aber kein Wort gesagt. Er habe schon befürchtet, dass es jetzt mal wieder Stress geben könnte oder so. Doch dann sei sie einfach im Schlafzimmer verschwunden. Nun habe sie das schon des Öfteren getan, wenn sie abends von der Arbeit gekommen war. Doch so wie heute sei das noch niemals gewesen, beteuerte er. „Weißt du, wenn ich irgendwas angestellt hätte und sie wäre zum Beispiel gerade von einem Elternabend in der Schule gekommen, Mann, das hätte ich doch verstanden. Aber so?“

Ich kannte Annemarie schon seit einigen Jahren. Ein ebenso großartiger wie faszinierender Mensch, und eine in allen Farben des Lebens schillernde Frau. Sie konnte so herrlich lebendig, spontan und herzerfrischend sein, aber auch melodramatisch bis zur Grenze des Erträglichen. Und sie wusste wundervoll zu erzählen, ob es nun Märchen waren, Urlaubsgeschichten oder andere Begebenheiten aus ihrem Leben, was auch immer. Selbst die nebensächlichsten Ereignisse wurden bei ihr zur aufregendsten Sache der Welt. Manchmal war das durchaus spannend, zeugte von sprühender Lebenslust und überbordender Freude am Dasein. Doch häufig war das auch ziemlich nervig und wirkte nur noch überdreht.

Leider war sie ebenso heftig in ihrem Denken und Handeln, wenn es um Deprimierendes ging, wenn sie mal wieder Kummer hatte oder sich um etwas Sorgen machte – auch wenn es anderen nicht mal eine Erwähnung wert gewesen wäre. Und wenn sie von Zorn gepackt wurde, da gab es nur eines: Entweder schnell weg aus ihrer Reichweite oder aber sie so fest in den Armen halten, dass sie sich nicht rühren konnte, bis sie zu heulen begann und sich irgendwann beruhigte.

Mir selbst und vielen anderen Freunden hatte sie mit ihrer Art schon oft herrliche Abende bereitet und viel Freude gemacht, aber auch so manches Zusammensein verdorben. Dabei war Annemarie eine im Grunde herzensgute Frau.

Keiner konnte ihr Böses nachsagen, nicht nur, weil sie sich seit langem als begeisterte Christin zeigte – und dies auch tatsächlich im realen Leben und im Alltag leidenschaftlich umzusetzen versuchte. Damit hatte sie mir und anderen stets imponiert und uns gelegentlich ein ziemlich schlechtes Gewissen bereitet. Die meisten meiner Freunde und mich selbst kann man kaum als Christen bezeichnen, ich gehöre nicht mal einer Kirche an und habe Religionen stets für überflüssig gehalten. Die Gläubigen aller Religionen sind doch meist nur Heuchler, so war meine Erfahrung. Oder es sind Menschen, die unbedingt die Verantwortung für ihr Tun und Lassen an etwas Höheres abgeben müssen. Im Grunde also kleine Kinder, die noch nicht erwachsen sind und nach wie vor einen Papa brauchen, und notfalls nennt man diesen ‚Papa' Gott oder Jesus oder wie auch immer. Das würde auch erklären, warum die meisten Gläubigen, die mir bisher begegnet sind, so oft geradezu naiv und kindisch wirkten, fast lächerlich und bar jeglicher Vernunft. Es war oft, als hätten sie beim Thema Glauben einfach ihren gesunden Menschenverstand ausgeschaltet.

Viele angeblich christliche Menschen, die ich bisher kennen gelernt habe, machten auf mich ohnehin nicht den Eindruck, als wären sie ernsthaft darum bemüht, ein wirklich christliches Leben zu führen. Dabei denke ich nicht einmal an unsere angeblich christlichen Politiker! Auch nicht an diese entsetzlichen „Bet- und Bibelkreistanten", wie ich sie zu nennen pflege, denen man allenthalben in kirchlicher Umgebung über den Weg läuft, die jede nur denkbare Andacht besuchen und so oft wie nur irgend möglich in der Kirche sitzen, um mit seligem Blick den Mann auf der Kanzel anzuhimmeln – aber wenn's drauf ankommt, sind sie intolerant, giftig, intrigant und ohne jedes wahre Mitgefühl für andere. Ja, sie scheinen ohne jede Liebe zu sein, und wenn sie auch noch so christlich tun! Ihnen kommt es offenbar einzig und allein darauf an, dass jeder möglichst brav sämtliche bekannten Regeln, Gebote und angeblich göttlichen Gesetze befolgt. Sie beharren sogar darauf, dass nur ihr Weg zu Gott, wenn es denn überhaupt einer ist, der einzig richtige sei, und dass man auf andere Weise niemals zu

Gott finden könne. Entsetzlich! Regeln und Gebote sind ihnen das Wichtigste am Glauben, nicht etwa ein lebendiger Glaube und ein Leben voller Liebe und Hingabe! Immer hatte ich das Gefühl, bei ihnen ist das Christsein eine Art Masche, um sich aufspielen und wichtig fühlen zu können – oder um für alle Fälle auf der richtigen Seite zu stehen, falls tatsächlich etwas dran sein sollte.

Annemarie, das muss ich der Fairness halber zugeben und einräumen, war da schon immer anders, und deshalb respektiere ich sie auch in ihrem Christentum: Zurückhaltend, trotzdem weltoffen und modern. Mit fester Überzeugung, aber dennoch tolerant. Begeisternd, aber nicht penetrant. Vor allem aber hilfsbereit, mitfühlend und voller Liebe. Das Christentum war für sie zwar stets die einzig wahre Religion, aber sie hatte nicht die geringsten Berührungsängste gegenüber anderen Ansichten und Religionen. Offene Gespräche und Auseinandersetzungen waren ihr weit wichtiger als Rechthaberei, und stets ließ sie verlauten, dass Gott alle Menschen liebe, auch Sünder. Und sogar jene, die noch nicht den richtigen Weg gefunden haben. Und immer wieder betonte sie, dass man durch die Weigerung, sich mit Andersdenkenden zu befassen und sich deren möglicherweise provozierenden Fragen zu stellen, auch jedes einzelne Mal die große Chance verschenkt, ihnen zu zeigen, wie großartig Gott ist, und nebenbei seinen eigenen Glauben zu festigen. Ein wahrer Christ, so sagte sie oft, scheue keine Fragen, und seien sie noch so provozierend.

Nur was ihre Gefühle betrifft, hat sie wohl schlicht das Problem, von ihnen manchmal überflutet zu werden, und noch keinen Weg für sich gefunden, besser und sinnvoller damit umzugehen. Zum Glück konnte ich das bisher meistens mit einer gehörigen Prise Humor betrachten und darüber schmunzeln.

Doch das hier schien in der Tat etwas anderes zu sein.

Ich musste Christopher Recht geben und begann, mir nun ebenfalls ernsthafte Sorgen zu machen.

Als ich an ihre Schlafzimmertür klopfte, war nicht das geringste Geräusch zu hören.

„Vielleicht schläft sie?“, gab ich zu bedenken.

„Nein“, antwortete der Junge. „Ich höre immer wieder, wie sie hin und her läuft oder sich die Nase putzt. Vor ein paar Minuten habe ich gemerkt, dass sie eindeutig auf dem Klo war, während wir telefoniert haben. Du hattest gerade danach gefragt. Sie muss sich regelrecht aus dem Zimmer geschlichen haben. Beinahe hätte ich sie noch erwischt.“

„Sie könnte aber in der Zwischenzeit eingeschlafen sein …“

„Bin ich nicht“, klang es plötzlich hinter der Tür. „Bist du das, Tobias?“

Christopher und ich blickten uns verdattert an. Und erleichtert. Immerhin – ein freiwilliges Lebenszeichen.

„Ja, ich bin’s“, rief ich, vielleicht etwas zu laut.

„Was willst du denn hier?“, fragte Annemarie.

„Christopher war verzweifelt, hat sich Sorgen um dich gemacht und mich angerufen. Ich finde es gar nicht gut, dass du deinem Sohn solch einen Schrecken einjagst.“

„Du hast doch keine Ahnung!“, rief sie entrüstet. „Du weißt doch gar nicht, was ich durchgemacht habe.“

„Stimmt“, musste ich einräumen. „Aber es wäre trotzdem gut gewesen, dem Jungen wenigstens Bescheid zu sagen, dass du irgendwelche Probleme hast und allein damit sein willst. Der arme Kerl hat sich wahnsinnige Sorgen gemacht. Und mich mitten in der Nacht aus dem Bett geschmissen.“

„Ich lebe ja noch“, keifte es aus dem Schlafzimmer.

Christopher hob die Schultern und schüttelte den Kopf. Er begriff offenbar auch nicht, was mit seiner Mutter los war.

„Prima“, sagte ich. „Dann könntest du ja mal kurz rauskommen.“

Keine Antwort.

„Hallo!“, rief ich. „Was ist denn los?“

„Mutter!“, rief Christopher. „Mach doch endlich auf!“

Und tatsächlich bewegte sich etwas hinter der Tür. Annemarie öffnete sie einen kleinen Spalt. „Tut mir leid, Christopher", sagte sie leise. „Ich wollte dir keine Angst einjagen. Wirklich!"

„Schon gut", brummte er. „Kann ich nun endlich ins Bett gehen? Tobias ist ja jetzt da. Heute ist zwar Samstag und keine Schule, aber Mann, ich bin vielleicht müde …"

„Geh nur schlafen", sagte Annemarie. „Ist alles in Ordnung."

Der Junge drückte mich kurz, flüsterte „Danke" und wandte sich ab. Ich glaubte zu spüren, dass er Mühe hatte, nicht vor Erleichterung loszuheulen. Todmüde wankte er zu seinem Zimmer.

Als er verschwunden war, öffnete Annemarie die Tür endlich richtig. „Danke, dass du gekommen bist", sagte sie zu meiner Verblüffung. „Hast du etwas Zeit?"

„Klar", antwortete ich. „Wenn's was Wichtiges zu reden gibt, bin ich für dich da. Wozu hat man denn Freunde?"

Sie nickte. „Ich mach uns einen kräftigen Schwarztee. Der hält uns wach. Okay? Wir reden dann in der Küche."

Ich hob die Schultern. „Mir egal. Was und wo auch immer du willst. Mich würde nur interessieren, was los ist."

Sie sah mich kurz aus ziemlich verheulten Augen an, und da war etwas in ihrem Blick, das ich von ihr nicht kannte, das ich bei ihr noch niemals wahrgenommen hatte. Etwas Uraltes, etwas unendlich Weises, aber zugleich Verstörtes. Als könne ungeheures Wissen einen an den Rand des Wahnsinns treiben.

Was mochte sie wohl erlebt haben?

*

Ein weiterer greller Blitz, gefolgt von einem gewaltigen Donnerschlag, reißt mich aus meiner Erinnerung. Sogar Jericho hebt diesmal den Kopf und blinzelt verschlafen, aber auch sichtbar verärgert, als wolle sie kurz mal überprüfen, wer da die Unverschämtheit besitzt, sie in ihrem Schlummer zu stören.

Angel rückt noch näher an mich.

Ja, die Christen! Wie oft habe ich über dieses Thema schon nachgedacht und mit Annemarie diskutiert! Sosehr sie sich auch bemühte, sie konnte mir die meisten Fragen, die mir auf der Zunge brennen, auch nicht beantworten. Mit ihrem Mann, so erzählte sie immer wieder mal, hätte ich mich wohl blendend verstanden oder zumindest nächtelang diskutieren können. Er hatte auch intensiv über all das nachgedacht und einen Weg zu einem Glauben gesucht, der keine Angst vor unbequemen Fragen hat und tief genug ist, um die eine oder andere Antwort zu versuchen – oder gar zu finden. Ein Glaube, der es aushält, auch mal heftig attackiert zu werden, der nicht gleich von einem Windhauch umgeblasen wird.

Außerdem suchte er sein Leben lang nach freien, begeisterten und glücklichen Christen. Er habe jedoch ausschließlich welche gefunden, die nur so tun als ob. Oder die sogar, bei genauer Betrachtung, unter ihrer eigenen Religion leiden. Und, so habe er oft hinzugefügt, es dürfe kein Glauben sein, der die Menschen einengt oder ihnen Angst macht. Und das Christentum tue genau das.

Natürlich habe sie versucht, ihn davon zu überzeugen, dass dem nicht so sei. Wahres Christentum mache frei. Doch leider würden manche Christen nur im Kopf ihre Religion begreifen, wenn überhaupt, aber leider auf keinen Fall im Herzen.

Peter, so hieß ihr Mann, war übrigens vor einigen Jahren bei einem Verkehrsunfall ums Leben gekommen. Er war gerade auf der Heimfahrt gewesen, hatte sich aufs Wochenende gefreut. Ein total betrunkener Autofahrer war ihm entgegengekommen. Mit drei Mädchen im Auto. Er hatte wohl laut Musik gehört, gelacht – und natürlich versucht, den kichernden Mädchen zu imponieren. Dabei nahm er eine Kurve viel zu schnell. Frontal war er mit seinem schwarzen BMW, nagelneu und von den Eltern geschenkt, in Peters Wagen gekracht.

Peter hatte nicht den Hauch einer Chance gehabt. Der junge Mann im BMW hatte schwer verletzt überlebt. Peter und zwei der Mädchen waren auf der Stelle tot. Das dritte, mittlerweile eine junge Frau, lebte in einer Einrichtung für geistig schwer behinderte Menschen. Annemarie hatte mich mal gebeten, sie mit ihr zu besuchen. Keine Ahnung, was sie sich davon versprochen hatte. Für mich war es der reinste Horror gewesen: Ein junger, hoffnungsvoller Mensch, durch das Imponiergehabe und den Leichtsinn eines anderen in einen unvorstellbaren Zustand gerissen, nicht mehr in der Lage, auf eigenen Füßen zu stehen. Und ausgerechnet Annemarie faselt mir immer wieder was vor – von Gottes Wegen und so.

Wie kann so etwas Gottes Wille sein?

Für Annemarie und ihren Sohn war Peters Unfall damals jedenfalls ein fürchterlicher Schock gewesen. Entsetzen pur!

Ich hatte sie erst kurz danach kennengelernt, als sie von ihrem ehemaligen Wohnort weggezogen war, um ihren Schmerz zu überwinden. Für ein paar Monate hatte sie damals in der Firma gearbeitet, in der auch ich beschäftigt war ...

So sitze ich also hier in meinen vier Wänden, geschützt vor Blitzen, Donner und Regen. Und all die vielen Fragen kommen mir in den Sinn, die mir noch keiner beantworten konnte.

Sollte ich durch Annemaries Erleben und das vorhin geführte Telefongespräch nun endlich ein paar Antworten gefunden haben? Noch weiß ich es nicht, noch bin ich mir nicht sicher ...

Schon oft war ich erstaunt und manchmal regelrecht entsetzt gewesen über ein Phänomen, das mir bis heute unerklärlich ist. Es kommt nicht nur bei Christen vor, sondern auch bei Gläubigen anderer Religionen. Auch bei Esoterikern und dergleichen: Sie alle scheinen, sobald es um ihren Glauben geht, nicht mehr ganz bei Trost zu sein. Als sei ihr Verstand irgendwo auf dem Weg zu ihrer Religion abhanden gekommen, als sei er ihnen, besonders bei ihrem Glauben, nur lästig.

Nun kann und darf der ohnehin übermächtige Verstand nicht immer und jederzeit unser Leben regieren. Er ist oft genug im Weg, macht sich meist gerade dann bemerkbar, wenn wir ihn absolut nicht brauchen können. Und dann ist es gar nicht so einfach, ihn abzuschalten. Doch sollte man meiner Meinung nach trotzdem in der Lage sein, auch über Gefühle, Glauben, Religion und all das hin und wieder mit klarem Kopf und scharfem Verstand reden zu können. Man muss, so meine ich, klar und einleuchtend auf kritische Fragen und Einwände antworten können. Man darf, welcher Religion man auch immer anhängen mag, niemals offenen und kritischen Fragen ausweichen, so als habe man Angst, seinen auf wackeligen Füßen stehenden Glauben durch diese Fragen zu verlieren. Wenn man schon behauptet, den richtigen Glauben gefunden zu haben, müsste man darin doch nicht so leicht zu erschüttern sein und ihn auch mal erklären können! Und genau an diesem Punkt hat sich bei den meisten, die ich kenne, der Verstand verabschiedet, ob es nun ein Moslem war oder ein Buddhist, ein Christ oder auch ein Esoteriker.

Ich finde das äußerst schade. Und erschreckend.

Ja, sogar abschreckend!

Vielleicht ist ja an vielem etwas dran, was die Leute so glauben. Doch mir hat das noch keiner einleuchtend oder überzeugend nahebringen können.

Und dann noch all diese Widersprüche, auf die man Gläubige am besten gar nicht erst aufmerksam macht, sonst werden sie total konfus! Dabei ließe sich manches womöglich erklären, hätte man nur den Mut, offen und ehrlich, ohne Scheuklappen und Vorurteile gründlich darüber nachzudenken und zu diskutieren.

Ich hatte zum Beispiel mal einen Freund, der war Physiker und Mathematiker, außerdem Moslem. Etwas war an diesem wirklich klugen, herzensguten und überaus gebildeten Mann sonderbar: Wann immer man auf seinen Glauben zu sprechen kam, schien es, als habe er plötzlich sämtliche Intelligenz verloren. Über den Koran und seinen Glauben konnte man mit ihm nicht vernünftig reden. Er wirkte dann manchmal richtig kindisch und fast, als sei er auf einmal geistig behindert. Alle seine sonst so brillanten geistigen Fähigkeiten, die ich stets an ihm bewunderte, waren wie weggeblasen. Unfassbar! Dabei müsste es doch auch gute und vernünftige Argumente für den Islam geben, sonst wäre er nicht die Religion so vieler Menschen.

Damals habe ich sogar selbst mal den Koran gelesen und bemerkt, dass es alles in allem gar kein so übles Buch ist. In vielem ähnelt er der Bibel, zumal der Islam auch Jesus zumindest als einen großen Propheten anerkennt. Dieser Glaube ist nicht so weit weg vom Christentum, wie man meinen möchte – abgesehen von dem ständig propagierten Kampf gegen Ungläubige. Aber da können ja auch Christen auf eine lange Kriegstradition zurückblicken, und dabei denke ich nicht nur an die Kreuzzüge. Im Koran hab ich übrigens weder über Tragen von Kopftüchern etwas gefunden noch über manches andere, das uns fremd und sonderbar vorkommen mag. Vieles scheint also, genauso wie im Christentum, oft nur eine Sache der Auslegung oder der Betrachtungsweise zu sein. Und so mag es durchaus sein, dass ich einiges nicht wirklich verstanden habe und mich noch mehr darin vertiefen müsste.

Mit Christen und der Bibel geht es mir allerdings seit jeher nicht anders. Was soll man zum Beispiel davon halten, dass jemand allen Ernstes behauptet, die Bibel sei das absolute und wahrhaftige Wort Gottes? Tut mir leid, da hört's bei mir einfach auf! Für mich ist die Bibel ein nachweislich von Menschen und zudem auch noch meistens aus der Erinnerung heraus geschriebenes Buch. Und manches darin, vor allem im alten Testament, ist nun mal einfach Unsinn oder vielleicht eine symbolisch gemeinte Erzählung, sicher mit sehr weisem und hilfreichem Sinn.

Aber das Wort Gottes?

Das gilt natürlich vor allem dann, wenn ich sehe, wie Christen leben und dass das mit dem Inhalt dieses angeblich so heiligen Buches sowieso meist nichts zu tun hat. Ich könnte stundenlang zitieren, was dort steht, was aber offenbar keinen Christen wirklich interessiert.

Nehmen wir mal nur zwei relativ harmlose Beispiele; es gäbe weit krassere. Das Weib solle in der Gemeinde schweigen, steht da irgendwo. Nimmt man die Bibel und ihre Aussagen nun als das allein gültige Wort Gottes, müssten Frauen sich wohl oder übel danach richten. Nun räume ich ja ein, dass ich hin und wieder durchaus denke, manchen Frauen täte es ganz gut, wenn sie nicht ganz so flott mit ihrem Mundwerk wären, doch das ist eine andere Geschichte. Aber ich kenne keine Christin, keine einzige, die sich danach richten würde, was da schwarz auf weiß in der Bibel steht. Das ist auch gut so, denn ich finde diese Forderung natürlich nicht nur unsinnig, sondern – ehrlich gesagt – schlicht blöd! Gott kann niemals ernsthaft wollen, dass Frauen gefälligst ihr Maul halten, wenn es um Glaubensdinge geht! Aber zum Glück finden sich ja auch noch ein paar andere Stellen in der Bibel, und gerade Jesus war einer, der Frauen einen wichtigen Platz an seiner Seite zugewiesen hat.

Trotzdem bleibt die Frage, warum Gottes Wort einmal den Frauen den Mund verbietet und sie ein andermal für wichtig in der Gemeinde hält. Was denn nun? Könnte er sich vielleicht mal, bitte schön, klar entscheiden?

Oder denken wir doch an die immer wieder vorkommende Forderung von Christus, man möge auf Besitz und Eigentum verzichten, alles den Armen schenken und ihm nachfolgen. Es ist ungemein spannend, die vielen Windungen, Ausflüchte und Knoten in den Argumenten gestandener Christen zu hören, wenn man sie mit dieser Forderung konfrontiert. Mit welch ungeheurer Raffinesse sie sich um diese Klippe herum manövrieren! Da finden sie Kniffe,

Tricks und Ausreden ohne Ende, Auslegungen und Widersprüche, dass es einem schwindlig werden könnte. Kritikern und Skeptikern wie zum Beispiel mir würden sie all diese Argumente und Zweifel an den Aussagen von Christus und der Bibel niemals zugestehen! Auch wenn sie ansonsten steif und fest behaupten, die Bibel sei das Wort Gottes und dass nichts anderes gilt, hier sind sie auf einmal ganz anderer Meinung.

Es gibt jedoch auch viele Dinge, an die Christen unbesehen glauben, obwohl sie dem gesunden Menschenverstand und sämtlichen Tatsachen widersprechen. Okay, das mag aus einem bestimmten Blickwinkel trotzdem in Ordnung sein. Doch vieles davon erscheint mir derartig an den Haaren herbeigezogen, dass ich es kaum von dem unterscheiden kann, was gerade Christen als Aberglauben bezeichnen würden. Zum Beispiel ist es seltsam, dass Christen, die felsenfest an das Erscheinen von Engeln in der Bibel glauben, mit Sicherheit nur den Kopf schütteln, würde ich ihnen auf einmal erzählen, ich hätte leibhaftig einen Engel gesehen und sogar mit ihm gesprochen. Da wäre ich plötzlich ein versponnener Esoteriker, den man nicht ernst nehmen dürfe. Oder wie heftig wehren sie sich alle gegen die Vorstellung, dass Gott auch heute noch manchen Menschen etwas eingibt, was diese dann gewissenhaft aufschreiben und als Gottes Botschaft bezeichnen! Ist das nicht eigenartig? Als ob Gott uns heute nichts mehr zu sagen hätte, als gälte nur das, was er in früheren Zeiten den jeweiligen Schreiberlingen eingeflüstert haben soll – und seither würde Gott nicht mehr zu uns sprechen. Aber warum sollte er nicht auch heute noch zu uns sprechen?

Verrückt ist das! Nichts weiter als nur verrückt! Mehr als unglaubwürdig! Wenn Gott zu uns Menschen spricht, dann jederzeit, also auch noch heute. Und dann könnte ein entsprechendes Buch von heute genauso gut das Wort Gottes sein wie alles, was in der Bibel steht. Aber das wird hartnäckig bestritten – ohne einen einzigen vernünftigen Grund dafür zu nennen. Und jedes Gegenargument wird als Unsinn und esoterisches Teufelszeug abgetan.

Also noch mal: So leid es mir auch tut, ich halte die Bibel für ein kluges und an vielen Stellen geradezu weises Buch, in dem vieles enthalten ist, was wir alle uns hinter die Ohren schreiben sollten. Aber es wurde nun mal von Menschen geschrieben.

Nur Menschen bringen es fertig, uns seitenlang mit Aufzählungen zu langweilen, wer von wem abstammt!

Oder kann ein Gott der Liebe allen Ernstes das Gebot aufstellen, dass man nicht töten soll, um ein paar Seiten weiter das Volk Israel aufzufordern, brutal und skrupellos über Nachbarvölker herzufallen und sie abzuschlachten?

Sorry, das glaub ich einfach nicht!

Greife ich nur auf mein sehr bescheidenes Wissen über die Entstehung der Bibel zurück, dann springt mir geradezu ins Auge, dass da etwas nicht stimmen kann: Aus all den seinerzeit kursierenden Schriften in Aramäisch, Hebräisch, Griechisch und was weiß ich für Sprachen wurde auf dem allseits bekannten, ersten christlichen Konzil in Nicäa all das ausgewählt und in Form der Bibel zusammengestellt, was damals als gut und sinnvoll erschien, auch aus politischer Sicht. Ein römischer Imperator namens Konstantin hatte dort im Jahr 325 das Konzil einberufen. Ein kluger politischer Schachzug. Die noch wenige Jahre zuvor verfolgte und geschmähte neue Religion, das aufkommende, aber bereits mehrfach gespaltene und zerstrittene Christentum wurde langsam gefährlich. Also sollten die verschiedenen Strömungen vereinigt und zugleich an die politischen Erfordernisse der damaligen Zeit angepasst werden. So konnte man dieser ziemlich radikalen und für damalige Verhältnisse verdächtig demokratischen Bewegung die Speerspitze rauben und sie gesellschaftlich integrieren. Also wurde die römisch-christliche Reichskirche gegründet und ihr ein Buch verpasst, die Bibel. Ein bisschen wurde noch in alten, heidnischen Kulten und Gepflogenheiten gestöbert, um das

Volk nicht allzu sehr zu verschrecken und bisherige Gewohnheiten ein Stück weit beizubehalten.

Die neue Kirche wurde, entgegen den bisherigen Grundsätzen, hierarchisch aufgebaut, natürlich auf dem damals gültigen römischen Recht basierend. Den von heidnischen Priestern längst verwendeten Kopfschmuck, die sogenannte Mithra, benannt nach dem im alten Rom weit verbreiteten Kult des Mithras, durften sich nun die christlichen Bischöfe aufsetzen. Das religiöse Oberhaupt aller Christen wurde Pontifex Maximus genannt, genau der Titel, den bisher die heidnischen Oberpriester getragen hatten. Dann wurde der Geburtstag von Jesus auch noch auf die Nacht vom 24. auf den 25. Dezember gelegt, dabei war die Geburt wahrscheinlich tatsächlich im September gewesen, im Zeichen der Jungfrau. Es verwundert nicht, dass der 25. Dezember eigentlich der Geburtstag von Mithras war, der übrigens auch als ein Sohn Gottes galt. Er wurde nämlich als Lichtsohn des Sonnengottes Helios verehrt. Und nicht umsonst war seinerzeit der heutige erste Weihnachtstag der größte Feiertag, genannt Sol invictus, der Tag der unbesiegbaren Sonne. Fast alle urchristlichen Gebote wurden aufgehoben, als da sind: Kein Fleisch in der Ernährung, kein Alkohol, keine Genusssucht und so weiter.

Na ja, alle Beschlüsse dieses Konzils wurden vom Kaiser bestätigt und als neue Gesetze des heiligen römischen Reiches verkündet. Und das Christentum, bisher wild und gefährlich, war auf einmal gezähmt und in die Bahnen gelenkt, in welchen man so etwas als Politiker eben ganz gerne sieht.

Mich wundert noch heute, warum man damals ausgerechnet diese vier Evangelien ausgesucht hat, die man heute kennt. Das in meinen Augen schönste, kraftvollste und edelste, das sogenannte Thomas-Evangelium, wurde einfach weggelassen, warum auch immer. Ich kenne ja die Auswahlkriterien von damals nicht, doch es wird schon seinen Grund gehabt haben. War es etwa nicht das Wort Gottes, oder war es das weniger als die anderen? Dürfen eigentlich Menschen so mir nichts dir nichts an Gottes Wort herumbasteln, es korrigieren, daraus auswählen, manches einfach weglassen – um anschließend zu behaupten, das sei jetzt aber wirklich das endgültige Wort Gottes? Kann man, ausgestattet mit einem gesunden Menschenverstand, das wirklich annehmen und glauben?

Aber das war ja noch gar nicht alles. Im Jahr 553 gab es noch eine ähnliche Aktion. Kaiser Justinian verlangte aus politischen Gründen auf dem Konzil in Konstantinopel, die Ansichten des großen, christlichen Gelehrten Origenes zu verdammen und aus der christlichen Lehre zu entfernen. Der hatte nämlich, in Übereinstimmung mit vielen anderen Religionen und vor allem mit der urchristlichen Lehre, seine Interpretationen zum Thema Reinkarnation verbreitet. Man musste daraufhin, wenn ich richtig informiert bin, noch einmal einiges aus der Bibel nehmen! Vor allem sollte diesmal alles zum Thema Reinkarnation entfernt werden, denn diese Theorie war seinerzeit für die Führer in Politik und Religion nicht angenehm. Das Volk lässt sich leichter führen und manipulieren, wenn es glaubt, dass man zwar eine unsterbliche Seele hat, die aber dafür garantiert nur ein einziges Mal auf diese Welt kommt. Und dass man, um nicht eines Tages in der Hölle zu schmoren, schön brav zu sein hat und selbstverständlich auf die hören muss, die das Sagen haben. Nur dumm, dass ein paar verdächtige Stellen übersehen wurden. So steht zum Beispiel noch heute in der Bibel, dass Johannes der Täufer damals als eine Wiedergeburt des Propheten Elias galt. Was übrigens in jener Zeit ein allgemein üblicher Glaube war, dem Jesus keineswegs energisch entgegengetreten ist, so wie bei manchen anderen Dingen. Und die berechtigte Frage der Jünger, was denn der arme Mann verbrochen haben könnte, weil er von Geburt an blind war! Was hätte der Kerl denn vor seiner Geburt schon anstellen können? Kann man bereits als Embryo im Mutterleib sündigen? Da war doch wohl eher eine Sünde oder so was in einem früheren Leben gemeint! Und so weiter …

Okay, ich bin kein Theologe, vielleicht irre ich mich in manchem ja auch. Aber meine Bedenken und Fragen teilen viele Menschen. Und es darf doch wohl – auch mit Christen! – über all diese Dinge offen und ehrlich geredet werden. Oder haben sie Angst davor, über so etwas auch nur mal ernsthaft nachzudenken, weil ihr Glaube so schwach ist? Man kann mir ja gerne alles widerlegen, wenn das möglich ist.

Doch die historischen Tatsachen, die ja teilweise auch belegbar sind, die kann man nicht einfach wegdiskutieren. Und einfach so zu tun, als habe es sie niemals gegeben, das wäre kindisch und naiv.

Annemarie hat mir schon zu erklären versucht, dass letzten Endes alles, was Menschen schreiben oder anderweitig kreativ erschaffen, in der einen oder anderen Weise von Gott inspiriert ist. Mag sein, ich kann das nicht beurteilen. Aber natürlich frage ich mich dann, wie das mit Büchern, Zeitschriften und so weiter zu sehen ist. Ich meine damit auch solche mit eindeutig schlechtem oder gar bösem Inhalt. Und warum sind dann all die Schriften aus der heutigen Zeit, die angeblich oder tatsächlich göttlich inspiriert oder sogar direkt von Gott eingegeben worden sein sollen, nicht ebenso ernst zu nehmen wie die in der Bibel zusammengefassten Schriften?

Gut, ich bin kein Christ. Vielleicht ist das wie beim Koran und anderen Weisheitsbüchern aus aller Welt, dass man sich erst viel tiefer als ich einarbeiten muss, um einiges davon wirklich verstehen zu können. Aber an diesem Punkt ist für mich nun mal eine Grenze erreicht.

Ähnlich erging es mir übrigens neulich, als ich mit Annemarie ihr zuliebe einen Gottesdienst besuchte, was immer wieder mal vorkommt. Manchmal wünscht sie sich einfach Begleitung, und insgeheim hofft sie vermutlich, dass ich eines Tages doch noch durch eine besonders ergreifende oder feurige Predigt erwischt und prompt Christ werde.

Zuerst wollte ich nicht und habe sie angefleht, lieber jemand anderen mitzunehmen. Erinnerungen aus meiner

Kindheit und Jugend waren sofort wieder präsent, Erinnerungen an Erlebnisse, die mir alles Christliche regelrecht vergällt hatten.

Dazu muss man wissen, dass ich die ersten Male sehr gerne und voller Begeisterung Gottesdienste besucht habe. Bis ich dann erlebt habe, wie sie sich verhalten, diese angeblichen Gläubigen. Rennen jeden Sonntag in die Kirche, hängen mit verklärtem Blick an den Lippen des Pfarrers, verstehen vermutlich kein Wort, plappern alle Gebete gedankenlos nach, singen jeden Blödsinn mit, ohne auch nur einmal nachzudenken. Und kaum haben sie die Kirche verlassen, fangen sie an, sich genau so zu verhalten, wie schon immer, wie es der Pfarrer in seiner Predigt eben erst angeprangert hat: Sie keifen umher, giften andere an, lästern hinter ihrem Rücken über ihre Nachbarn (aber wenn die zufällig gerade vorbeikommen, werden sie mit einem falschen Lächeln überaus höflich gegrüßt), lassen überhaupt jegliches Christentum vermissen. Hauptsache, man war in der Kirche und alle denken, man sei ja so fromm. Entsetzlich!

Annemarie hat es eines Tages geschafft, mich mit in einen Gottesdienst zu schleppen. Da hab ich dann mal wieder erlebt, wie erwachsene Menschen Gebete sinnlos nachplappern und Lieder singen mit Texten, die – mit gesundem Menschenverstand betrachtet – ohne weiteres in einem Kindergarten entstanden sein könnten. Und natürlich ging mir wieder der Hut hoch.

Da wird Gott gepriesen, was an sich ja in Ordnung ist. Schließlich ist es keine Frage, dass man – wenn es einen Gott (oder wie man ihn auch immer nennen mag) gibt – diesen auch loben und preisen soll und darf. Aber im Christentum geschieht das oft in einer Art und Weise, die mir nur kindisch erscheint.

So singen sie dann also fröhlich in der Kirche, dass Gottes Hilfe garantiert niemals zu spät komme und seine Gnade kein Ende kenne. Ehrlich? Ist das so? Schauen wir mal genau hin: Ich kenne Menschen, die kürzlich einen engen

Verwandten oder Freund trotz all ihrer Gebete, all ihres aufrichtigen Flehens und all ihrer innigsten Bitten durch den Tod verloren haben. Wo war denn da die immerwährende Gnade Gottes oder sein stets pünktliches und kraftvolles Hilfsprogramm? Aber diese Leute sitzen dennoch in der Kirche und singen fröhlich, dass Gott immer rechtzeitig hilft.

Sind diese Menschen denn noch ganz bei Trost? Oder sind sie schlicht doof? Ist das nun Heuchelei oder gar Verlogenheit? Pure Naivität? Oder reiner Aberglaube?

Ich will gewiss niemandem zu nahe treten, aber mir scheinen da gewisse Denkblockaden oder auch ungestillte emotionale Bedürfnisse mit Hilfe riesiger Scheuklappen den Blick auf die nackte Realität, auf die alltägliche Wahrheit, auf den unfassbaren Wahnsinn dieser Welt doch ziemlich zu verstellen.

Sorry, aber es mag ja sein, dass diese Menschen wirklich daran glauben und ernsthaft davon überzeugt sind. Aber ehrlich, ich könnte auch dann, wenn ich begeisterter Christ wäre, nie und nimmer mit ganzem Herzen und voller Aufrichtigkeit Lieder mit solchen Texten schmettern, wenn ich gerade eben erst erfahren habe, dass Gott manchmal eben auch nicht hilft oder seine Hilfe zu spät kommt. Mit Sicherheit haben auch diese Menschen irgendwann solche Zweifel gehabt. Wie können sie dann trotzdem guten Gewissens und reinen Herzens so etwas singen? Es kommt mir einfach nicht echt vor, was diese Menschen tun.

Oder übersehe ich da etwas Entscheidendes?

Für mich wäre jedenfalls ein wahrer und erwachsener, ein reifer und würdiger, ein lebendiger und wahrhaftiger Glaube nur einer, bei dem ich das Mitsingen auch mal unterlassen darf, wenn der Inhalt des Liedes für mich im Moment absolut nicht stimmig ist. Und in dem es solche eher albernen, kindischen und manchmal fast lächerlich schwärmerischen Texte, die sogar in einem deutschen Schlager aus den Fünfzigern absurd klängen, gar nicht erst gäbe.

Es muss doch möglich sein, Gott von Herzen zu loben und zu preisen, ohne dabei gleich kindisch zu werden! Sogar ich, der ich bis jetzt noch kein Christ bin, könnte bessere, erwachsenere und tiefsinnigere Texte schreiben, um ein höheres Wesen zu loben, ohne dabei in völlig unrealistische Schwärmerei zu geraten!

Und ich muss ehrlich zugeben, dass ich in solchen Situationen, also während eines Gottesdienstes, schon oft dachte, das hier könnte eine wunderbare Fundgrube für jeden Psychiater sein. Lauter potentielle Patienten mit erheblichen emotionalen Defiziten! Viele wirken aber auch tatsächlich wie naive Kinder, die bereit sind, jeden Blödsinn zu glauben, und sei er noch so absurd.

Die meisten von ihnen, so erscheint es oft, hängen offenbar in einer mehr oder weniger infantilen Weise am Rockzipfel Gottes. Denn wenn ich dann noch höre, wie froh sie sind, sich bei Gott geborgen fühlen zu dürfen und dass sie in seiner Hand gut aufgehoben und sicher sind – dann bin ich geneigt, zynisch zu werden und zu fragen, wann sie endlich erwachsen und lebenstüchtig werden wollen. Natürlich ist es schön, sich bei Gott, wenn man an ihn glaubt, geborgen zu fühlen. Aber zunächst mal sollte man auch, wenigstens ein Stück weit, für sich selbst sorgen können. Und in jedem Leben kommen Phasen von Not, Angst und Unsicherheit vor. Da kann Hilfe kostbar sein. Doch ich muss nicht jedes Mal, wenn das so ist, gleich nach einem großen Papa rufen, der mich an die Hand nimmt und für mich meine Probleme löst – wie bei einem kleinen Kind, das sich erst an der Hand von Mama oder Papa traut, dieser Welt zu begegnen. Wir Menschen müssen nun mal, wenn's drauf ankommt, hier auf dieser Erde und in diesem Leben in letzter Konsequenz allein zurechtkommen. Das hat Gott so eingerichtet, also wohl auch so gewollt. Das ist unsere Aufgabe. Deshalb sollten wir lernen, mit den Gegebenheiten fertig zu werden. Nach jemandem zu flehen, der einem alle Probleme abnehmen kann, erscheint mir unreif und armselig. Doch vielleicht verstehe ich auch hier nur etwas Wesentliches nicht?

Annemarie meint das jedenfalls immer, wenn wir darüber reden. Aber – *was* ich daran nicht kapiere, konnte sie mir bislang auch nicht erklären. Ich kann mir Gott einfach nicht als eine Art Teddybär vorstellen, an den man sich kuschelt, wenn man im Dunkeln Angst hat oder wenn das Leben mal wieder bedrohlich erscheint. Wären wir dann nicht wieder an diesem Punkt, an welchem jemand mal Religion als Opium fürs Volk bezeichnet hat? Opium ist für die bedauernswerten Menschen, die es brauchen, nichts anderes als ein Mittel, das beruhigt und betäubt, das die Angst nimmt …

Gott als Drogenersatz? Nein!

Er ist sicher nicht dafür da, Mängel aus meiner Kindheit auszugleichen. Wenn ich bisher zu wenig Geborgenheit erfahren habe, ist das traurig. Wenn ich mich auch als Erwachsener noch nicht sicher fühle, dann ist in meiner Kindheit etwas schief gelaufen, das es nun zu korrigieren gilt! Sicher, in der heutigen Zeit ist es kein Wunder, an emotionalen Defiziten zu leiden. Wer hat schon als Kind all die Nähe, Wärme, Zuwendung und Anerkennung erhalten, die man gerne gehabt hätte und die für ein gutes Aufwachsen sinnvoll wäre? Kaum einer!

Die meisten wollen nun mal unbedingt geliebt, anerkannt und wahrgenommen werden. Verständlich. Doch besser wäre es garantiert, anstatt nur an sich zu denken und seine Defizite aufzufüllen, auch mal zu begreifen, dass es anderen genauso geht, dass es wichtig ist, andere wahrzunehmen, anzuerkennen und zu lieben. Woher soll denn Liebe in diese Welt kommen, wenn alle nur nach Liebe schreien, aber keiner liebt? Und wer wirklich und wahrhaftig liebt und nicht nur so tut, um dafür Anerkennung und Lob zu ergattern, der bekommt auch einiges dafür zurück.

Gott zu bemühen, mein gefühlsmäßiges Manko auszugleichen, weil ich einfach noch nicht wirklich erwachsen bin – kann das richtig sein? Gibt es dafür nicht ausreichend gute und sinnvolle weltliche Lösungen und Möglichkeiten? Gut, um Hilfe kann man ja mal bitten …

Zugleich kann man wunderbar beobachten, dass alle diese Menschen, die sich Christen nennen, nur allzu oft und gerne die Verantwortung für ihr Tun und Lassen in Gottes Hand legen. Sein Wille geschehe, heißt es. Wenn es ihn gibt, diesen Gott, dann geschieht sein Wille sowieso, auch ohne dass wir es ihm erlauben oder ihn darum bitten. Oder? Aber dass es häufig zu einem gewissen Fatalismus führt, das werde ich niemals begreifen: Zu denken oder zu glauben, was kann denn ich dafür, wenn sein Wille anders läuft, als es vielleicht gut und richtig wäre? Ist doch nicht meine Schuld …

Ehrlich, das ist doch nur lächerlich! Und schon bleiben wir weiterhin ein kleines, armes, hilfloses Etwas, ein Kind eben, dessen Eltern ein paar grundlegende Dinge versäumt haben.

Erst dann ist eine Religion auch für mich geeignet, wenn ich offen und ehrlich alles, wirklich alles – ohne jegliches Tabu – fragen, ansprechen und kritisieren darf. Und darauf ein paar Antworten erhalte, die über das allgemein übliche Wischiwaschi hinausgehen, die klar, verständlich und nachvollziehbar sind. Mit denen ich etwas anfangen kann. Und wenn ich sehe, spüre und erlebe, wie gläubige Menschen sich ernsthaft um ein ihrem Glauben entsprechendes Leben bemühen, selbst in den kleinen Dingen und vor allem im Alltag.

Dann werde vielleicht auch ich Christ.

Was mich übrigens ebenfalls immer wieder stört, ist diese Angst der Christen vor moderner Wissenschaft. Das hatten wir alles schon vor Jahrhunderten, als die Erde laut der Kirche noch eine Scheibe und der absolute Mittelpunkt des Universums sein sollte und die Sonne sich angeblich um diese Scheibe drehte. Wie wurden die ersten klar und vernünftig denkenden Wissenschaftler bekämpft, die einfach nur die Tatsachen und die Wirklichkeit richtig erkannt und eingeordnet haben! Auf Scheiterhaufen hat man sie verbrannt. Und „auf Teufel komm raus“ im wahrsten Sinne des Wortes verteufelt! Aber warum? Hat Gott uns nicht auch den Verstand, die Logik und die Fähigkeit zu forschen geschenkt? Warum sollten wir das alles verkümmern lassen?

Und so haben mich bisher noch jedes einzelne Mal die Predigten geärgert, die ich da zu hören bekam. Während andere hingerissen an den Lippen des Pfarrers hingen, fragte ich mich die ganze Zeit, warum der Mann seinen Gläubigen nicht wirklich gute, vernünftige und brauchbare Lebensregeln und Weisheiten an die Hand gibt, warum er immer wieder betont, dass Gott über uns wache und Jesus für uns am Kreuz gestorben sei – was ohnehin jeder Anwesende längst wusste. Tatsächlich könnte man überaus phantastische, kraftvolle, begeisternde Predigten halten. Wenn es nach mir ginge und man mich das machen ließe ... und ich bin ja nicht mal Christ! Man könnte die Herzen der Menschen berühren und nicht nur geistliche Nahrung liefern, sondern praktische, handfeste, psychologische und emotionale Bereicherung. Die Zuhörer zum Nachdenken anregen, zum Fühlen, sie ermutigen zu Ehrlichkeit und Aufrichtigkeit, ihnen aufzeigen, dass es nicht um Frömmelei und Heuchelei geht. Sie dazu bringen, mal wieder zu staunen, auch wahrhaftig an Wunder zu glauben! Und sich zu fragen, warum man nicht selbst schon lange darauf gekommen ist.

Es sagt sich so leicht dahin, dass man zum Beispiel seine Feinde lieben soll. Jeder sitzt in der Kirche und nickt freundlich, wenn das mal wieder von der Kanzel kommt. Aber kaum ist er wieder draußen, hat er keine Ahnung, wie man das eigentlich macht? Wie verhält man sich in der konkreten Situation? Wenn der Nachbar wegen einer lächerlichen Kleinigkeit Ärger macht, wie „liebt“ man ihn dann auch noch, bitte schön? Wie geht man mit ihm um?

Wie äußert man Kritik, wie wehrt man sich, wie wahrt man seine Rechte – und zeigt dem anderen dennoch zugleich, dass man ihn respektiert und achtet, ja auf gewisse Weise liebt?

Ich kenne viele Menschen, die das gerne so tun würden, aber es einfach nicht schaffen, auch weil sie nie gelernt haben, wie man damit umgeht. Und da wäre doch ein Gottesdienst, so wie ich es sehe, geradezu ideal, um auch dazu Anregungen zu geben, Hilfestellungen und Ermutigungen.

Aber nein, es wurde jedes Mal, wenn ich mich wieder zum Besuch eines Gottesdienstes überreden ließ, dort in meinen Augen ein solcher Unsinn verbraten, dass mir für eine Weile die Lust auf weitere Besuche verging.

Das habe ich Annemarie übrigens schon oft klar und deutlich gesagt. Doch sie hat mich dann immer nur mit großen und traurigen Augen und voller Mitgefühl angesehen.

Sollte sich jetzt, ausgerechnet durch sie und ihr eigenartiges Erlebnis, bei mir etwas ändern?

Draußen stürmt und regnet es immer noch. Das Gewitter hat sich nun allerdings verzogen. Nur aus der Ferne ist hin und wieder noch ein Grollen zu hören. Jericho schläft offenbar zufrieden, und Angel macht es sich weiterhin auf meinen Füßen bequem, kuschelt sich fest an meine Beine. Und ich denke zurück an jene Nacht von Freitag auf Samstag. Das ist immerhin schon ein paar Tage her.

Doch kommt es mir vor, als sei es erst gestern gewesen.

*

Ich saß also in dieser denkwürdigen Nacht in Annemaries Küche am Tisch und wartete schweigend, während sie mit Wasserkocher und Teekanne hantierte. Als der Tee fertig und zwei Tassen eingeschenkt waren, setzte sie sich zu mir und sah mich erst mal lange und eindringlich mit einem seltsamen Blick an.

„Du weißt, dass ich nicht verrückt bin", sagte sie schließlich leise. Ich verstand Annemarie kaum, spürte aber, dass sie etwas zu bedrücken schien.

Dummerweise versuchte ich, die Situation mit einem kleinen Scherz zu lockern und meinte: „Na ja, wie man's nimmt". Das trug mir ein wütendes Funkeln ihrer Augen ein, mit dem ich nicht gerechnet hatte.

Abrupt erhob sie sich und meinte trocken: „Dann brauchen wir jetzt auch nicht zu reden. Du kannst gehen!"

Ich saß da wie ein begossener Pudel. „Und der Tee?"

„Trink ich dann eben selber!"

„Tut mir leid", sagte ich zerknirscht und mit belegter Stimme. „War wohl nicht lustig? Bist nicht gerade zum Scherzen aufgelegt. Dabei wollte ich dich nur ein bisschen aufmuntern. Verzeih bitte, war blöd von mir."

Ohne ein Wort setzte Annemarie sich und sah mich wieder mit diesem sonderbaren Blick an, von dem ich nicht wusste, was er zu bedeuten hatte. „Mir geht es im Moment nicht besonders gut", sagte sie. „Ich hab gestern beinahe zwei Menschen überfahren. Zum Glück ist nichts passiert, aber allein die Vorstellung, was da alles hätte passieren können …" Sie kämpfte sichtbar mit den Tränen.

Ich schwieg und sah sie unverwandt an.

„Na ja, ist ja noch mal gut gegangen." Annemarie hob den Kopf und versuchte eine Art Lächeln. „Du glaubst gar nicht, wie froh ich darüber bin. Und wie dankbar!"

„Dankbar? Wem und warum?"

„Also, ich bin nicht verrückt", begann Annemarie noch einmal mit diesem Thema. „Du weißt, ich bemühe mich nach Kräften, ein möglichst guter Mensch zu sein und ein christliches Leben zu führen. Wir haben schon oft darüber diskutiert."

Sie nahm einen Schluck Tee und schien nachzudenken, bevor sie fortfuhr: „Was ich heute erlebt habe, klingt so verrückt, dass mich wohl jeder Durchschnittsbürger auf der Stelle in die nächstbeste psychiatrische Klinik einweisen ließe. Deshalb bin ich da etwas empfindlich. Ich würde es ja selbst nicht glauben, hätte ich's nicht tatsächlich erlebt. Aber ich schwöre dir bei allem, was mir jemals heilig war: Es war genau so!"

Ich nickte und nahm einen Schluck von dem heißen Tee. Kräftiger, schwarzer Tee, ohne Zucker, mit einem ordentlichen Schuss Milch. Köstlich! Schmeckte jetzt gerade so richtig gut. Also antwortete ich zufrieden und aufgeräumt: „Mag ja sein. Es gibt nun mal viele verrückte Dinge auf der Welt. Nicht wahr? Dumm nur, dass ihr Christen an irgendwelchen Hokuspokus eigentlich nicht glauben dürft, selbst dann nicht, wenn er wissenschaftlich nachweisbar wäre."

„Glaub mir", sagte Annemarie, „damit hat es nichts zu tun. Es geht viel weiter. Viel tiefer. Hast du den Mut und die Kraft, dir etwas erzählen zu lassen, das dein Weltbild ziemlich auf den Kopf stellen wird?"

„Mein komplettes Weltbild?", fragte ich und wirkte dabei vermutlich recht dämlich. „Ich schätze, du übertreibst jetzt ein bisschen. Das wird nicht leicht sein. Was ich denke und glaube, ist wohlbedacht, gut fundiert und nicht so einfach umzuwerfen."

„Das dachte ich bis gestern auch", sagte sie ruhig. „Meins ist jedenfalls total umgekrempelt. Und du wirst danach auch nicht mehr der sein, der du jetzt bist."

Ich nahm einen Schluck Tee und meinte: „Du machst es aber spannend. Dann leg los!" Insgeheim glaubte ich ihr nicht wirklich und dachte, dass es so schlimm ja nun auch wieder nicht sein dürfte. Schließlich kannte ich Annemarie zur Genüge und wusste, dass sie gerne dramatisiert. Ich sollte mich irren.

Sie erhob sich, holte ein Heft und knallte es auf den Tisch. „Es geht unter anderem um das hier“, sagte sie.

„Und? Was ist das?“, wollte ich wissen.

„Ein Test. Nichts weiter als ein blöder Test! Du darfst ihn nachher lesen. Wenn du willst, kannst du ihn gerne auch selbst machen. Doch jetzt hör erst mal zu, wie ich an ihn gekommen bin.“

„Wie bitte?“, fragte ich. „Nur wegen eines lächerlichen Tests bist du derartig von der Rolle? Deshalb muss ich mitten in der Nacht aufstehen und dir helfen? Ich hör wohl nicht recht …“

„Ich hab doch gesagt, dass es verrückt ist. Und dieser Test ist alles andere als lächerlich, glaub mir! Der ist anders als das, was man in Frauenzeitschriften so findet. Nichts mit ‚Wie wirken Sie auf das andere Geschlecht?‘ oder ‚Sind Sie selbstbewusst?‘ und so. Aber es geht ja nicht nur um ihn, es gehört ja noch eine Geschichte dazu. Und was für eine. Wart erst mal ab, bis du sie gehört hast, dann darfst du gerne mit mir über den Test reden. Einverstanden?“

Ich nickte und harrte der Dinge, die da auf mich zukommen sollten. Ich konnte nicht ahnen, dass es für mich ein emotionaler Sturm ohnegleichen werden würde.

„Gut“, sagte Annemarie. „Ich werde so ausführlich und korrekt wie nur irgend möglich schildern, was ich erlebt habe.“ Und was sie mir dann berichtete, war wirklich unglaublich!

Wie immer erzählte sie mitreißend, dramatisch, einfach gut. Das ist nun mal eine ihrer großen Stärken, das Erzählen.

Schweigend hörte ich ihr zu, bis sie fertig war.

*

Ich erzähle alles aus gutem Grund so ausführlich wie möglich, deshalb bitte ich um etwas Geduld. In Ordnung?

‚Hab ich's doch gewusst!' – genau mit diesem Gedanken fing alles irgendwie an! Ich weiß, das ist nichts Besonderes. Jeder von uns hat das schon tausendmal gedacht. Doch ausgerechnet so etwas Banales dachte ich in diesem entsetzlichen Moment.

Wenige Augenblicke zuvor hatte das Handy geklingelt. Mir war völlig klar, dass es auf keinen Fall richtig wäre, jetzt ranzugehen. Schon einige Male war ich in üble Situationen geraten, hätte beinahe Unfälle gebaut, weil ich Idiotin während des Autofahrens auf dem Beifahrersitz nach dem Handy gesucht oder gar ein Gespräch angenommen habe. Bisher war es gut gegangen, aber jedes Mal aufs Neue hab ich mir geschworen, es niemals wieder zu tun.

Mein erster Gedanke war der einzig richtige gewesen: *„NEIN!"* Ich stand ja nicht im Stau oder so, das wäre vielleicht noch vertretbar gewesen. Aber mitten im hektischen Feierabendverkehr nach dem Handy zu angeln oder gar zu telefonieren – glatter Wahnsinn. Anzuhalten war gerade nicht möglich, und in etwa fünf Minuten wäre ich ohnehin zu Hause gewesen. Wer auch immer etwas von mir wollte, es hätte sicher noch fünf Minuten Zeit gehabt!

Aber nein, die blöde Annemarie ist mal wieder viel zu neugierig. Dann noch dieser seltsame Impuls, dass vielleicht etwas mit Christopher sein könnte. Ich taste also auf dem Beifahrersitz nach dem klingelnden Handy. Als ich endlich rankomme, fällt es um ein Haar vom Sitz. Und was mache ich dumme Kuh? Ich schaue kurz nach rechts und kann es gerade noch fangen. Natürlich achte ich in dieser Sekunde nicht auf den Verkehr. Und stell dir vor, trotzdem such ich nach dem Knopf, um das Gespräch anzunehmen. Aber wer auch immer angerufen hat, er ist nicht mehr dran.

Ich blicke auf …

… und mir gefriert fast das Blut in den Adern: Ein Zebrastreifen, direkt vor mir. Auf ihm hüpft ein Kind fröhlich über die Straße, gefolgt von einer alten Frau und einem kleinen Hund. Eine Szene, die bestimmt das Herz vieler Menschen angenehm berührt hätte, in einer anderen Situation auch meines. Das bleibt dagegen vor Schreck um ein Haar stehen.

Im Bruchteil einer Sekunde wird mir bewusst, dass ich nie und nimmer rechtzeitig bremsen kann. Stell dir das mal vor! Ich hätte in diesem Bruchteil einer Sekunde wahnsinnig werden können, aber ich hatte wirklich keine Chance!

Dann dieser blöde, dieser alberne Gedanke, den ich bereits zu Anfang erwähnte:

‚Hab ich's doch gewusst!'

Dieser verflixte Gedanke, den wir alle kennen. Den jeder schon tausendmal hatte. Dir und mir, uns allen ist er bereits viel zu oft durch den Kopf geschossen. Du wirst es kaum glauben, doch während ich mit voller Kraft auf die Bremse trete, denke ich auch noch: Wenn ich's doch gewusst hab, warum hab ich dann nicht anders gehandelt?

Mein Auto schlittert also mit quietschenden Reifen auf den Zebrastreifen zu. Das Kind hält vor Schreck inne, bleibt also stehen. Verdammtes Kind! Warum läufst du nicht weiter?

Aber es schaut mich mit großen, dunklen und ernsten Augen an. Ein kleines Mädchen, eindeutig.

Diesen Blick werde ich niemals vergessen …

Die alte Frau bleibt vor Schreck ebenfalls stehen.

Der Wagen schießt unaufhaltsam auf das Kind und die alte Frau zu, vermutlich die Oma des kleinen Mädchens. Ich weiß genau, was jetzt geschehen wird. Doch da bleibt die Szene einfach stehen! Ja, wirklich, sie bleibt einfach stehen wie bei einem Film, den jemand angehalten hat. Als hätte sie irgendeiner binnen einer Millisekunde eingefroren.

Es geht einfach nicht mehr weiter.

Mir wird schlecht. Und schwarz vor Augen. Ich verliere offensichtlich das Bewusstsein.

Weißt du, was dann geschehen ist? Es klingt unglaublich, es hört sich total verrückt an. Aber ich sitz doch tatsächlich auf einmal in einer Art Büro, und mir gegenüber hängt so ein komischer Typ rum.

„Da sind Sie ja“, sagt er und betrachtet gelangweilt, aber offensichtlich trotzdem sehr eindringlich seine Fingernägel. Er schaut mich nicht mal an. Aber es wirkt, als habe er mich längst erwartet. „Glück gehabt, wie?“, fährt er fort und denkt nicht daran, sich zu mir umzudrehen.

Ein ungewöhnlicher Mann, seltsam anzuschauen. Sehr lange, glatte Haare und ein angedeuteter Dreitagebart. Eher altmodische Kleidung, als käme er aus einer längst vergangenen Epoche. Mittelalter zum Beispiel. Manchmal sieht man ähnlich gewandete Menschen auf einem Mittelaltermarkt oder bei Konzerten in der Gothikszene. Sein Alter ist schwer zu schätzen. Sitzt lässig in einem Bürosessel, die Beine auf dem kleinen Tisch neben seinem Computer. Als wolle er jünger und so richtig cool wirken.

Blöder geht's ja wohl kaum noch, denke ich. Wer ist das überhaupt? Wo bin ich eigentlich? Und wie bin ich hierher gekommen?

„Mag ja sein“, sagt da der Kerl, „dass ich heut 'nen blöden Tag erwischt hab. Viel Stress derzeit. Zu viele Menschen, die sich dämlich anstellen. Kein Wunder in dieser Welt, sie ist schließlich noch immer zu sehr in der Hand des Teufels. Und cool wirken wollte ich extra für Sie. Dachte, dass ich damit bei Ihnen als moderner Frau gut ankomme. Sei's drum, es gibt Wichtigeres. Gleich sterben vielleicht ein kleines Mädchen, deren Oma und ein kleiner Hund. Nicht wahr?“

Ich schlucke. Dieser Typ kann offenbar Gedanken lesen. Und er hat auch noch Recht. Nur die Erwähnung des Teufels wirkt seltsam auf mich und lässt mich Schlimmes ahnen.

Mir wird flau im Magen. „Wo bin ich hier?“, frage ich trotzdem so selbstbewusst wie möglich. „Wer sind Sie? Was ist mit mir passiert? Und was hat das alles mit dem Teufel zu tun?“

„Ziemlich viele Fragen auf einmal, finden Sie nicht? Passiert ist Ihnen bis jetzt noch nichts. Im Augenblick befinden Sie sich in einer sogenannten Zeitblase. Die genauen und vor allem die wahren Umstände sind für Ihr Gehirn nicht fassbar. Menschen sind in dieser Hinsicht ziemlich beschränkt, haben zu wenige Sinne und nur selten die Fähigkeit, so etwas auch nur ansatzweise zu begreifen. Deshalb wird hier eine Art Illusion für Sie erzeugt. Alles ist letztlich nur Schein, damit Sie eine einigermaßen gewohnte und vertraute Umgebung wahrnehmen und nicht auf der Stelle verrückt werden. Das wollen wir schließlich nicht. Auch ich sehe in Wahrheit völlig anders aus, wenn man da überhaupt von Aussehen in dem Ihnen bekannten Sinne reden kann. Übrigens bin ich während Ihres Aufenthaltes hier Ihr Betreuer.“ Er nimmt seine Füße vom Tisch, wendet sich mir zu und versucht – ohne mich dabei anzuschauen – tatsächlich so etwas wie ein Lächeln.

„Wie bitte? In was bin ich?“, frage ich.

„Sagen wir mal so: Das Leben von drei Menschen und einem Hund wurde vorübergehend aus dem üblichen Ablauf der Zeit ausgeklinkt. Fragen Sie mich jetzt nicht, wie das gemacht wird. Wer nicht mal weiß, was eine Zeitblase ist, versteht das sowieso nicht.“

„Ich bin nicht blöd!“

Er blickt auf seinen Monitor und tippt etwas in die Tastatur seines Computers. „Lassen Sie diese albernen Kindereien!“, sagt er. „Das hier ist wirklich ernst. Und ich rede nie um den heißen Brei herum. Wozu auch?“

Er schaut mir dabei zum ersten Mal richtig in die Augen. Durchdringend und sehr ernst. Klug und fast weise. Und auf eine sonderbare Art voller Liebe und Mitgefühl. Seine offenen, klaren Augen strahlen neben aller Warmherzigkeit aber auch Strenge und Unerbittlichkeit aus. Und tiefe Trauer ist da für einen winzigen Moment in seinem Blick, als wolle er sagen: ‚Schade, dass wir hier sitzen müssen, dass es überhaupt so weit gekommen ist.' Eine seltsame Mischung.

„Also", redet der Kerl weiter, „die Situation vor dem Zebrastreifen wurde aus bestimmten Gründen sozusagen angehalten. Wenn Sie mögen, dürfen Sie den Stand der Dinge gerne auf meinem Bildschirm betrachten."

Ich will nicht. „Nein, danke!", sage ich. „Hab sie noch deutlich vor Augen."

Ungerührt fährt der Mann fort: „Das mit der Zeitblase machen wir manchmal, wenn auch sehr selten. Es müssen schon besondere Gründe vorliegen. So ist es auch in diesem Fall. Wir beide, Sie und ich, müssen jetzt klären, was da genau los war und wie es nun weitergehen kann. Dafür müssen wir offen miteinander reden, klar und ehrlich. Ohne Schnörkel, ohne Eitelkeit. Irgendwelche Spielchen, wie Menschen sie untereinander so gerne spielen, sind hier völlig überflüssig. Es geht nur um Tatsachen, um die nackte Wahrheit. Und darum, was wirklich wichtig ist. Haben Sie das soweit verstanden?"

Ich nicke und sage: „Also mache ich so eine Art Zeitreise?"

Er lacht. „Ihr Menschen denkt so selten gründlich nach – und vor allem kaum mal etwas konsequent bis zu Ende. Zeitreisen können nicht funktionieren!"

„Ach ja? Und wenn Sie schon so schlau sind – erklären Sie mir auch, warum nicht?"

„Ganz einfach, meine Liebe: Rein theoretisch wäre es kein Problem, sich in der Zeit zu bewegen, sei es vorwärts oder rückwärts. Das haben einige eurer Wissenschaftler doch schon herausgefunden. Die Sache hat nur einen Haken: Wenn ihr euch nur in der Zeit bewegt, sagen wir mal ein paar Stunden zurück in die Vergangenheit, dann hängt ihr im luftleeren Raum und werdet das wohl kaum überleben. Abgesehen davon, dass die Kugel, auf der ihr lebt, sich dreht und deshalb niemand nach einer Zeitreise an dem Punkt wäre, wo er gestartet ist. Der Ort, an dem er jetzt ist, war nämlich vor ein paar Stunden ganz woanders. Wissen Sie, mit welchem wahnwitzigen Tempo sich die Erde um die Sonne dreht und dabei durchs All rast? Und welche komplizierten Berechnungen nötig wären, um das exakt zu erfassen, mal ganz abgesehen vom Transport dorthin?"

Ich schüttle den Kopf.

„Na also. Die Erde war ein paar Stunden zuvor ganz woanders im Universum. Man müsste also auch den Weg der Erde berechnen, die Bewegungen der Galaxie, zu der sie gehört, und sämtliche sonstigen Vorgänge im All. Und dann gleichzeitig mit dem Sprung durch die Zeit exakt zu dem Punkt im Raum reisen, an dem eure schöne Welt sich genau zu der Sekunde aufgehalten hat, in der man in der Vergangenheit auftaucht. Von der Zukunft ganz zu schweigen ... Und wie wollt ihr das, bitte schön, denn bewerkstelligen?"

So richtig kann ich das wohl nicht erfassen, habe aber eine Ahnung davon, was er meinen könnte. Stimmt eigentlich: Reise ich nur durch die Zeit, bleibe ich ja am gleichen Punkt im Universum. Und wer weiß, wo dann die Erde ist.

Warum hat noch keiner daran gedacht? Ist doch eigentlich klar!

Aber das wird mir jetzt zu kompliziert, außerdem sind andere Dinge gerade wichtiger. Deshalb wechsle ich das Thema: „Nur noch drei Fragen. Erstens: Sie reden von Menschen, als wären Sie selbst keiner. Was sind Sie denn dann? Zweitens: Was soll das heißen, dass Sie mein Betreuer sind? Drittens und noch einmal: Was hat das alles mit dem Teufel zu tun?“

Er seufzt. „Sie sind vielleicht hartnäckig! Ist eine lange Geschichte. Außerdem würden Sie mir das meiste ohnehin nicht glauben. Ja, ich weiß, Sie bezeichnen sich als Christin und glauben an so manches. Doch es ist ein Unterschied, ob man an etwas glaubt oder ob man es weiß, ob man davon fest überzeugt ist. Nehmen wir ein Beispiel: Man kann an Engel glauben, an Naturgeister und andere Helfer Gottes, auch an den Teufel und an Dämonen – aber man kann dennoch, begegnet man einem dieser Wesen leibhaftig, ungläubig reagieren. Bitte beachten Sie dieses Wort: ungläubig! Nicht wahr? Oder kennen Sie jemanden, der ernsthaft an Dämonen, an den Teufel oder an Engel glaubt? Vermutlich nicht. Aber es gibt sie, und manche von ihnen sind realer, als mir lieb ist. Und wie viele glauben angeblich an Gott, aber kennen Sie einen Einzigen, der sofort alles stehen und liegen lassen würde, um Gott zu folgen, etwa so wie damals die Jünger Jesus gefolgt sind? Also glauben sie alle doch nicht wirklich an ihn. Ist aber nur meine bescheidene Meinung. Wie auch immer – ich bin jetzt für Sie der einzige Gesprächspartner von Bedeutung für Ihr weiteres Leben. Mehr werden Sie von mir nicht erfahren. Mein Name ist übrigens Gabriel. Das muss genügen. In Ordnung?“

„Meinetwegen, Herr Gabriel. Ich kann’s ja ohnehin nicht ändern. Nicht wahr?“

„Richtig erkannt. Übrigens bin ich nicht Herr Gabriel. Ist ja nicht mal mein richtiger Name. Den könnten Sie allerdings sowieso nicht aussprechen. Ich hab auch keinen Vor- und Nachnamen. Im Grunde bin ich sogar weder weiblich noch männlich. Für Sie also einfach nur Gabriel, wenn ich bitten darf.“

„Komisch. Und sind Sie nun ein Mensch oder nicht?"

Bei dieser Frage taucht ein gewisses Unbehagen in mir auf, ja eine Art Unwohlsein. Etwas stimmt hier nicht, etwas fehlt. Aber was?

„Ich sagte doch bereits", antwortet Gabriel, „dass ich Ihnen nicht mehr über mich erzählen werde, mögen Sie auch noch so neugierig sein. Um es Ihnen ein wenig leichter zu machen: Stellen Sie sich einfach vor, ich sei eine Art Engel, der Freude daran hat, manchen Menschen etwas Feuer unterm Hintern zu machen. Also ein Feuerengel. Menschen müssen ja immer alles irgendwie in Kategorien einordnen und in Schubladen stecken. Besser so? Fühlen Sie sich jetzt wohler? Und ich bin zum Glück kein Mensch. Das würde mir gerade noch fehlen!"

„Wieso denn das?"

„Hätte man ein paar Etagen weiter oben nicht solch einen Narren an den Menschen gefressen, würde ich mich gar nicht erst um diese dummen und überheblichen Geschöpfe kümmern! Das dürfen Sie mir glauben."

Ich schlucke schwer, denn dieser derbe und ziemlich abfällige Kommentar betrifft natürlich auch mich. Also sag ich erst mal lieber nichts dazu und lenke ab: „Ich muss Sie dann aber dringend noch was anderes fragen."

„Was denn nun schon wieder? Das waren doch bereits drei Fragen!"

„Was ist mit Christopher?"

„Sie meinen Ihren Sohn?"

„Ja. Er wartet zu Hause auf mich."

Er schüttelt gelangweilt, fast genervt den Kopf. „Tut er nicht. Hier vergeht keine Zeit, nicht eine einzige Sekunde, wie lange es Ihnen auch vorkommen mag. Ich sagte doch, wir sind in einer Zeitblase. Für Ihren Sohn ist es noch immer die gleiche Uhrzeit wie vorhin, kurz bevor dieser Unfall vielleicht passiert – oder auch nicht passiert. Selbst wenn wir noch ein paar Stunden oder Tage miteinander reden, vergeht für ihn keine einzige Sekunde. Genügt Ihnen das?“

„Danke. Allerdings verstehe ich das nicht so recht.“

„Hab ich doch gesagt“, stellt Gabriel trocken fest und fährt ungerührt fort: „Sie sind also Annemarie Engelin?“

„Engel-ii-n“, korrigiere ich ihn, „mit Betonung auf der Endung und einem langen ‚ii‘! Nicht so, wie Sie es aussprechen.“

Er guckt mich fragend an und zieht arrogant die Augenbrauen hoch. „Ich dachte immer, Sie heißen Engelin, also die weibliche Form von Engel. Sie nennen sich aber Engel-ii-n?“ Dann schüttelt er auch noch den Kopf. „Unbegreiflich! Ist Engelin denn kein schöner Name?“

„Darüber hab ich nie nachgedacht. Ich heiße schon immer so. Und auf eine Verbindung zu Engeln bin ich dabei, ehrlich gesagt, noch nie gekommen.“

Gabriel grinst. „Schade!“ Dann wirft er einen Blick auf seinen Monitor, tippt kurz auf der Tastatur und brummt dann: „Stimmt. Hier ist sogar eine Notiz, dass Sie sich nicht Engelin nennen. Hatte ich glatt übersehen.“ Gabriel räuspert sich und fährt fort: „Sie leben als allein erziehende Mutter mit Ihrem Sohn zusammen. Sein Vater ist vor geraumer Zeit gestorben. Bin ich da richtig informiert?“

Ist er. Deshalb nicke ich ihm kurz zu.

„War schlimm für Sie, nicht wahr?“, fragt er und sieht mir für einen Moment intensiv in die Augen. Ein verwirrender Blick, und sehr eindringlich.

„Allerdings. Aber ich komme zurecht.“

„Gut. Ihre Beziehung zu ihm war zu der Zeit gerade ziemlich angespannt. Warum?“

„Sie wissen doch sonst alles“, gebe ich frech zurück.

„Stimmt. Ich weiß es auch diesmal. Nur würde ich es gerne von Ihnen hören und mir vor allem bestätigen lassen. Was ich hier gespeichert habe, ist die Wahrheit. Aber wie Sie darüber denken beziehungsweise wie Sie es sehen oder schildern, kann sich sehr davon unterscheiden. Nicht wahr?"

Ich zucke mit den Schultern. Was soll ich schon dazu sagen? Also beantworte ich seine Frage: „Man soll nicht schlecht über Verstorbene reden. Nicht wahr?"

Gabriel lacht. „Oje, Sie denken sicher an diesen alten Spruch, der da lautet: ‚de mortuis nil nisi bene', stimmt's? Das heißt aber eigentlich, dass man über Tote eine gute Rede halten soll. Und eine gute Rede bedeutet vor allem, dass sie aufrichtig und ehrlich und nicht verlogen oder geheuchelt ist. Ich weiß, dass das oft falsch interpretiert wird und viele Reden auf Beerdigungen schlicht gelogen sind. Leider auch von Pfarrern, die fürchten, ein paar Wahrheiten über den Verstorbenen könnten die Trauernden ärgern, also würdigt er den Toten lieber nicht in seiner Wahrheit."

Er sieht wohl meinen erstaunten Blick und fährt fort: „Ja, wirklich! Mit diesen geheuchelten Predigten würdigt man den Verstorbenen nicht wirklich, sondern beschönigt nur sein Leben und seine Persönlichkeit. Ich finde das bedauerlich. Mir ist es lieber, man sagt die Wahrheit."

Ich wusste nicht, dass es sich so verhält, zumal ich kein Latein kann. Und so beschloss ich, nun einfach ehrlich zu sagen, wie ich über Peter denke.

„Er wollte sich einfach nicht damit abfinden, dass ich nicht nur seine Frau bin, sondern auch modern und emanzipiert, dass ich auch noch ein Leben für mich brauche. Sie verstehen? Ein Leben außerhalb der Ehe. Man braucht manchmal gewisse Freiheiten, nicht wahr?"

„Aha", bemerkt er trocken. „Braucht man das? Ist das so, wenn man modern und emanzipiert ist? Für mich hört sich das ziemlich zwanghaft und alles andere als frei an, was Sie da behaupten."

Ich verstehe Gabriels Frage beziehungsweise seinen Einwand nicht und gehe gar nicht erst darauf ein. Stattdessen fahre ich einfach fort: „Außerdem war es nicht möglich, mit ihm über unsere Beziehung zu reden. Er konnte nicht über seine Gefühle sprechen. Manchmal glaubte ich, dass er gar keine hatte. Das Übliche eben, was so viele Frauen an den Männern von heute stört. Männer sind nun mal häufig beziehungsunfähig, verantwortungslos und kaum in der Lage, eine richtige Bindung einzugehen. Über Gefühle und Beziehungen können die meisten nicht reden. So auch Peter. "

„Aha. So sehen Sie das also. Und die Frauen sind natürlich alle ganz anders. Sei's drum. Sie haben sich doch in diesen Mann mal verliebt. Oder nicht?"

Ich muss lachen. „Ja, schon. Sonst hätten wir wohl kaum geheiratet …"

„Versteh ich nicht. Wie passt das zusammen? Als Sie ihn kennen gelernt haben, hatte er vermutlich schon keine Gefühle, wie Sie das ausdrücken. Zumindest konnte er auch damals nicht darüber reden. Und so weiter. Nicht wahr?"

Bestimmt hab ich ihn jetzt ziemlich unwirsch, wenn nicht gar böse angefunkelt. Solche Fragen gefallen mir nämlich gar nicht, auch nicht von einem wie ihm und in einer solchen Situation. „Lassen wir das!", sage ich deshalb kurz angebunden. „Ich hab wirklich keine Lust, darüber zu reden!"

„Gut", meint Gabriel. „Vielleicht kommen wir ja später noch mal darauf zurück, in unserem Test."

„Test? In welchem Test?"

„Ich werde es Ihnen noch ausführlich erläutern. Stimmt es, dass Sie von sich glauben, eine Christin zu sein?"

Ich nicke. „Natürlich. Ich glaube es nicht nur, ich bin es. Wieso?“

„Ach, einfach so. Ich weiß ja, ob Sie wirklich Christin sind oder ob Sie, wie die meisten, bloß so tun als ob. Für mich ist es jetzt nur wichtig, wie Sie sich selbst sehen.“

„Klare Sache! Ich bin Christin.“

„Das ist ja wenigstens erfreulich“, brummt er vor sich hin. „Allerdings behaupten das viele, und wenn’s drauf ankommt, handeln sie schon bei harmlosen Kleinigkeiten im Alltag alles andere als christlich. Von großen Dingen mal ganz abgesehen. Bei zu vielen scheint es sich – aus meiner bescheidenen Sicht betrachtet – mehr um eine Art Lebensversicherung zu handeln.“

„Wie bitte? Was soll denn das bedeuten?“

„Für mich ist es ein riesiger Unterschied, ob sich jemand als Christ bezeichnet – oder ob jemand wirklich einer ist, also auch im Alltag christlich lebt. Und es ist etwas anderes, ob jemand sich voller Mut und Tatkraft in ein christliches Leben stürzt oder nur glaubt, mit dem Christentum eine Art Fahrkarte in den Himmel gelöst zu haben.“

„Ich bin Christin. Basta!“

„Das glauben SIE! Aber so einfach ist das nicht, wie Sie sich das vorstellen. Da gäbe es noch eine Menge anzumerken.“

Sofort hake ich kampfeslustig nach: „Wie meinen Sie das? Wollen Sie behaupten, dass ich mich irre? Wollen Sie mir unterstellen, dass ich gar keine Christin bin?“

„Genau! So ist es.“

Betroffen starre ich Gabriel an und beschließe, mich lieber auf sichereres Terrain zu begeben und ihn anzugreifen: „Warum interessiert Sie das eigentlich überhaupt? Könnte Ihnen doch egal sein! Oder haben Sie damit etwas zu tun?“

Er sieht mich mit einem sonderbaren Blick an und antwortet mit versonnenem Lächeln: „In gewisser Weise schon … Ja, so könnte man es nennen."

„Ach ja?", triumphiere ich und eröffne sicherheitshalber einen hoffentlich überraschenden Nebenschauplatz. „Da gibt's doch einen Erzengel, der Gabriel heißt. Sie haben nicht zufällig was mit ihm zu tun?"

Gabriel grinst und schüttelt den Kopf. „Hab ich nicht deutlich genug gesagt, dass ich keine Auskünfte über mich erteile? Ich hab Ihnen doch eine ungefähre Beschreibung gegeben, damit Sie mich wenigstens einigermaßen einordnen können.

Das muss reichen. Und Sie dürfen nicht gleich so hoch greifen, meine Liebe! Nein, ich bin kein Erzengel oder dergleichen. Und ich sage das jetzt nur ausnahmsweise, damit Sie sich nicht die ganze Zeit über Ihren Kopf zerbrechen müssen und abgelenkt sind. Eines dürfen Sie allerdings wissen: Wir sind hier auf der guten Seite. Meinen Job gibt es nämlich auch auf der anderen Seite. Dort ist man, wie sollte es anders sein, sehr an den Vorgängen und Techniken interessiert, mit welchen man Menschen dazu bringen kann, wider besseres Wissen das Falsche zu tun …"

Ich kann kaum noch an mich halten, muss ihn einfach unterbrechen: „Was soll das alles bedeuten – gute Seite, andere Seite und so weiter?" Gabriel blickt mich nur an, als verstünde er nicht mal meine Worte geschweige denn ihren Inhalt, also fahre ich fort: „Sie sind also auf der guten Seite. Ich nehme mal an, dass Sie damit die Seite Gottes meinen. Doch dann würden Sie ja zugleich behaupten, es gibt auch eine andere Seite, eine böse."

„Sind Sie etwa anderer Meinung?", fragt er verwundert.

„Na ja", antworte ich, „falls Sie damit so etwas wie den Teufel oder dergleichen meinen, hätte ich damit schon meine Probleme. Danach hab ich vorhin schon mehrfach gefragt. Den gibt's doch nicht wirklich, der Teufel ist ja sicher nur ein Symbol für das Böse. Oder nicht?“

Er schweigt und blickt mir dabei so lange direkt in die Augen, bis mir ganz mulmig wird und ich mich schließlich abwende. Dann sagt Gabriel: „Frau Engelin, Sie sind Christin, wie Sie behaupten. Vielleicht sollten Sie das noch einmal ernsthaft überdenken. Wer an das Gute glaubt, muss auch in Betracht ziehen, dass es das Böse gibt. Und ich darf Ihnen versichern, dass Sie weit mehr in einer Welt des Teufels leben, als Ihnen womöglich bewusst ist. Vielleicht werden wir auch dieses Thema noch eingehend erörtern. Jetzt will beziehungsweise muss ich kurz etwas anderes anmerken: Leider scheint es derzeit, als habe man auf der anderen, nämlich der bösen Seite mehr Erfolg, als ich es jemals für möglich gehalten hätte. Offenbar sind die Menschen noch leichter verführbar, als ich dachte. Doch genug davon! Sie glauben also, Christin zu sein. Und wenn ich auch erhebliche Zweifel daran habe, so entnehme ich doch meinen Unterlagen, dass Sie das scheinbar durchaus ernst nehmen. Spricht immerhin für Sie und ist positiv zu bewerten. Umso unbegreiflicher, dass Sie in manchen Situationen Ihren Glauben offenbar völlig vergessen. Damit sind wir wieder zurück bei unserer Ausgangslage: Sie waren mit dem Auto unterwegs. Das Handy hat geklingelt. Spontan haben Sie völlig richtig entschieden, sich nicht darum zu kümmern und lieber auf den Verkehr zu achten. Gute Entscheidung! Sehr vernünftig! Und überaus christlich! Eine mitfühlende, liebevolle Einstellung zu Ihren Mitmenschen, geprägt von Rücksichtnahme. Doch – obwohl Sie genau wussten, was richtig gewesen wäre, haben Sie plötzlich trotzdem nach dem Telefon gegriffen und dabei genau 2,934 Sekunden lang nicht auf die Straße geachtet.“

„So lange?“

Er nickt. „Wissen Sie, wie weit ein Auto bei etwa 50 km/h in fast drei Sekunden fährt? Wären wir jetzt nicht in dieser Zeitblase, hätten inzwischen zwei Menschen und ein Tier vermutlich ihr Leben verloren. Und Sie, meine Liebe, steckten plötzlich in erheblichen Schwierigkeiten."

Ich blicke betreten zu Boden und betrachte aufmerksam meine Schuhe, als gäbe es momentan nichts Wichtigeres auf der Welt.

„Wissen Sie, was ich an solchen und ähnlichen Situationen einfach nicht verstehe?" Gabriel klopft nervös mit seinen Fingern auf den Tisch. „Da wissen die Menschen ganz genau, was gut und richtig wäre, tun das Falsche aber in vollem Bewusstsein dessen, dass es falsch ist. Ich kapier das einfach nicht! Sicher, manchmal machen Menschen Fehler. Das liegt wohl in der menschlichen Natur. Und Gott weiß wohl, dass Menschen auch Sünder sind. Wer weiß, vielleicht hab sogar auch ich schon mal Fehler gemacht. Es geschieht aus Versehen oder weil man es einfach nicht besser weiß. Man meint in solchen Fällen, das Richtige zu tun, will wirklich niemandem schaden – und tut es dennoch. Alle Menschen sündigen, so ist das nun mal. Gott liebt sie trotzdem, fragen Sie mich aber bitte nicht, warum. Jedenfalls sind auch die christlichsten Menschen nicht frei von Fehlern und Sünden. Sie verstehen, was ich meine?"

„Nur zu gut. Ich kenne das. Deshalb ist ja auch Jesus, also Gottes Sohn, am Kreuz …"

„Jaja, das ist mir allerdings bekannt, wenn ich das auch ein wenig anders interpretieren würde. Aber wenn man genau weiß, was gut und richtig wäre, wenn man sich dessen bei klarem Verstand voll bewusst ist – warum macht man dann trotzdem das Falsche? Was ist da zum Beispiel in Ihnen vorgegangen? Saß Ihnen, bildlich gesprochen, der Teufel im Genick?"

„Blödsinn“, brumme ich – und korrigiere mich gleich selbst: „Um ehrlich zu sein, ich weiß es nicht.“

Er nickt resigniert. Dann schaut er konzentriert auf seinen Bildschirm und bewegt die Maus, als suche er etwas. Schließlich lehnt Gabriel sich nach vorn und stützt den Kopf auf die verschränkten Hände. „Ist Ihnen eigentlich bewusst, dass Sie Ihren Mann durch den bodenlosen Leichtsinn eines anderen verloren haben?“

Ich nicke. „Klar. Warum?“

„Wirklich?“, fragt er und sieht mich dabei durchdringend an.

„Was denn?“ Ich bin irritiert.

„Ist Ihnen auch klar, dass drei Lebewesen vielleicht ihr Leben verlieren – und zwar durch IHREN bodenlosen Leichtsinn?“

Ich schlucke. So hab ich das noch gar nicht gesehen.

„Wie oft haben Sie, Frau Engelin, das Verhalten dieses Menschen verurteilt, der am Tod Ihres Mannes schuld war? Hundertmal? Oder sogar tausendmal? Millionen Male? Na?“

Ich weiß nicht, was ich dazu sagen soll.

„Warum verurteilt man das Verhalten anderer? Doch wohl, weil man es falsch findet, nicht wahr? Und warum macht man es dann selbst genauso?“

Ich bleibe stumm.

Resigniert wendet Gabriel sich ab und blickt ins Leere. Einen Moment lang frage ich mich, was jetzt wohl in ihm vorgehen mag. Ist er traurig? Oder beleidigt? Ich komme mir jedenfalls auf einmal schrecklich blöd vor.

Doch Gabriel wendet sich mir wieder zu und spricht langsam weiter, als habe er Mühe, über dieses Thema zu reden: „Wissen Sie, es gibt doch ohnehin schon unzählige Probleme, mit welchen man sich als Mensch herumschlagen muss. Jeder leidet mehr oder weniger unter all den Fehlern, Schwächen, Unaufmerksamkeiten, Verletzungen, Kränkungen und Versehen, die es nun mal gibt und die sich nicht immer vermeiden lassen. Und dazu kommt ja noch eine ganze Menge an scheinbar Unvermeidlichem – als da sind: Krankheiten, Naturkatastrophen, Kriege, Unfälle und andere Schwierigkeiten, mit welchen man erst mal fertig werden muss. Aber nein, das genügt euch Menschen offenbar noch nicht. Ihr müsst unbedingt noch eins draufsetzen und weitere Probleme dort erzeugen, wo es absolut unnötig wäre, wo man sogar ganz genau weiß, dass es total falsch ist, was man tut. Aber man tut es trotzdem. Warum? Können Sie mir das vielleicht mal erklären?"

„Es liegt wohl daran, dass man manchmal gar nicht so richtig entscheiden kann, was gut und richtig ist? Wer befindet denn darüber?"

„Schwachsinn!", sagt Gabriel und funkelt mich fast wütend an. „Sie haben nicht richtig zugehört! Sie wissen genau, was ich meine! Natürlich ist es nicht immer leicht, genau zu unterscheiden, was gut und was schlecht, was richtig und was falsch ist. Und aus bestimmten Blickwinkeln ist es manchmal sogar unmöglich, das genau zu erkennen. Doch das ist ein ganz anderes Level, da kommen wir in spirituelle Bereiche, die mit dem alltäglichen Leben nur wenig zu tun haben. Davon reden wir jetzt nicht! Es geht um all die Dinge, bei welchen zum Beispiel Sie ganz genau gewusst haben, was richtig wäre – und trotzdem das Falsche getan haben. Da kann und darf man nicht einfach mit solchen Sprüchen kommen wie ‚Menschen sind eben sündhaft' oder ‚Wir alle machen Fehler'! Soll ich Ihnen Beispiele nennen? Oder genügt Ihnen dafür die Situation vor dem Zebrastreifen?"

„Schon gut. Hab verstanden, was Sie meinen."

„Sie wissen es also auch nicht?"

„Was?"

„Wieso das so ist?"

„Keine Ahnung! Vielleicht sind wir Menschen einfach so, vielleicht können wir gar nicht anders als immer wieder zu sündigen?"

„Das reicht mir nicht, das sagen alle – aber darum geht es nicht. Ich frage mich, was dahinterstecken mag."

„Also, ich hab schon oft gedacht, dass wir Menschen bis zum Hals voller Angst und deshalb verkrampft sind. Manchmal sind es vielleicht auch ungestillte emotionale Bedürfnisse, die uns den Verstand vernebeln? Überhaupt, diese Gefühle! Unterdrückte Sehnsüchte, nicht zugegebene Ängste, alles was wir unterdrücken, kommt plötzlich nach oben – und schon fallen wir in den Brunnen. Könnte es das nicht sein?"

Er nickt nachdenklich. „Natürlich. Das dürfte oft der Fall sein. Und – warum erfüllt ihr euch dann nicht gegenseitig eure Bedürfnisse und Sehnsüchte? Warum unterdrückt ihr eure Gefühle und gebt eure Ängste nicht zu?"

„Keine Ahnung. Vielleicht haben wir es nicht gelernt? Darüber müsste ich länger nachdenken."

„Und? Meinen Sie, diese Erklärung reicht aus?"

„Ehrlich gesagt, weiß ich es nicht. Vielleicht sind viele Menschen oft auch nur zu feige, um das Richtige zu tun?"

„Nicht schlecht. Aber mir fehlt da immer noch was. Wissen Sie, ich verstehe ja, dass man manchmal – auch als guter Christ – Fehler begeht oder schlicht etwas falsch macht. Zum Beispiel, weil man aus irgendwelchen Gründen glaubt, dass man auf etwas Bestimmtes keinesfalls verzichten kann, dass es einem unbändige Freude bereiten könnte oder weil es aus anderen Gründen ganz besonders wichtig sein könnte, sozusagen unbedingt notwendig. Nehmen wir ein alltägliches Beispiel, nämlich einen Mann, der in einer eigentlich glücklichen Partnerschaft lebt. Und plötzlich läuft ihm seine absolute Traumfrau über den Weg. Sie wirkt ungeheuer sexy auf ihn – und versucht ihn auch noch zu verführen. Aus einem bestimmten Blickwinkel – den ich übrigens keineswegs teile, aber durchaus verstehen kann – ist es kein Wunder, dass er schwach wird. Nicht wahr? Wird er dann gefragt, warum er seine Frau betrogen und eine glückliche Familie gefährdet oder gar zerstört hat, könnte er wenigstens sagen, dass es einfach sein musste! Dass es das auf irgendeine – und wenn auch noch so schräge – Art wert war. Dass er es in der gleichen Situation jederzeit wieder tun würde. Es war zwar eine Sünde, ein Fehler, aber es war es wenigstens wert. Verstehen Sie, was ich meine? Man mag darüber denken, wie man will, und es ist ein Leichtes, darüber moralisch zu urteilen und es als Sünde abzutun, doch man kann ihn verstehen. Sie müssen es ja auch nicht gutheißen, aber man kann sein Handeln wenigstens ein Stück weit nachvollziehen. Doch wie oft hört man in vergleichbaren Situationen solche schwachsinnigen Sätze wie ‚Es hat mir überhaupt nichts bedeutet' oder ‚Es war doch gar nicht wichtig'?"

Ich halte die Luft an, denn er sagt da etwas, das ich schon oft gehört habe – und was mir immer ein unerklärliches Unbehagen bereitet hat.

Und dabei fällt mir auf, dass mein Unwohlsein keineswegs verschwinden will, sondern immer stärker wird. Etwas stimmt hier einfach nicht. Und zwar ganz entschieden. Aber ich habe keine Ahnung, was das sein könnte.

Jetzt, wenn ich das so erzähle, wundere ich mich, dass ich nicht gleich gemerkt habe, was es war. Aber dort, im Gespräch mit diesem Gabriel, fällt es mir einfach nicht ein. Nur so ein Gefühl ist da, eine Ahnung davon, dass etwas an diesem Gespräch nicht stimmen kann, dass etwas ganz Entscheidendes fehlt. Aber was?

„Spinnt so jemand denn total?", fährt Gabriel fort. „Für etwas, das ihm gar nichts bedeutet, ihm nicht mal wichtig war, hat er das Glück einer Ehe und Familie aufs Spiel gesetzt? So einer ist doch wahnsinnig! Ohne triftigen Grund sündigt er? Wenn es, warum auch immer, für ihn ungeheuer wichtig war, kann ich sein fehlerhaftes Handeln irgendwie nachvollziehen. Dann lasse ich gelten, dass Menschen manchmal zu schwach sind, um einer Versuchung zu widerstehen. Aber ich tue doch nichts Falsches, ich begehe doch nicht mit voller Absicht eine Sünde, wenn ich mein Tun gleichzeitig für völlig unbedeutend und total unwichtig halte! Wozu? Warum? Wenn überhaupt, dann muss es – aus welchen Gründen auch immer – mir wenigstens wichtig sein. Oder sehe ich das falsch, Frau Engelin?“

Was hätte ich sagen sollen? Der Mann hatte natürlich völlig Recht. Dennoch kennt das jeder, dass immer wieder solche Sachen passieren. „Sie sehen das im Prinzip vollkommen richtig“, sag ich deshalb, „aber Menschen sind nun mal so.“

„Das ist die dümmste Ausrede überhaupt, auch wenn ich sie oft zu hören bekomme: ‚Ich bin eben so, ich kann nicht anders.’ Wie oberflächlich! Ein Freibrief ist das, und zwar für Dummheit, Verantwortungslosigkeit – und auch noch dafür, auf keinen Fall etwas dazulernen zu müssen. Sagte Jesus nicht irgendwann mal: ‚Deine Sünden sind dir vergeben, jetzt gehe hin und sündige fortan nicht mehr’? Selbst wenn die Menschen so sein sollten und selbst wenn auch Sie so sind, Frau Engelin – Sie werden es kaum glauben, aber man kann sich ändern. Man kann dazulernen, sich entwickeln und reifer werden. Und hinfort nicht mehr sündigen!“

Ich nicke. Wie könnte ich da widersprechen? Doch warum sieht das kaum einer so? Das frag ich mich in diesem denkwürdigen Augenblick. Klar sind wir alle nicht ohne Fehl und Tadel, wie es so schön heißt, aber irgendwie hat der Kerl absolut Recht! Ich stimme ihm deshalb zu und frage ihn, worauf er eigentlich hinaus will.

„Ganz einfach“, antwortet er. „Ich bereite Sie auf Ihren Test vor.“

„Test? Sie meinen den, von dem Sie vorhin bereits gesprochen haben?“, will ich wissen.

Er nickt. „Es ist so: In seltenen Fällen können wir das, was geschieht, ausnahmsweise auch mal stoppen oder korrigieren. Dafür gibt es allerdings ganz besondere Voraussetzungen beziehungsweise Bedingungen. Hier liegt solch ein Fall vor.“

„Und warum?“

„Das Mädchen, das vielleicht in der nächsten Sekunde von Ihnen totgefahren wird, würde später mal – wenn alles normal verliefe – eine geniale Wissenschaftlerin werden und einige sensationelle Entdeckungen machen. Wichtige, überaus wertvolle Erkenntnisse würden durch ihre Forschungen möglich, unter anderem ein Medikament, das eines Tages zahllosen Menschen auf der ganzen Welt das Leben retten könnte. In wenigen Jahren werden nämlich sämtliche Antibiotika versagen, woran die Menschheit mal wieder – wie sollte es auch anders sein? – in ihrer Kurzsichtigkeit und Beschränktheit selbst schuld ist. Bakterien aller Art, leider auch krankmachende, werden nahezu unangreifbar, übernehmen in gewisser Weise die Weltherrschaft.“ Er lacht bitter und schüttelt den Kopf. „Ich verstehe die Menschen einfach nicht“, murmelt er. „Da ist jeder von ihnen mit allem ausgestattet, was für ein gutes und vernünftiges Leben wichtig ist. Und was tun sie?“

Ich schweige lieber dazu, denn ich bin ja ein Exemplar dieser unbegreiflichen Gattung. Und außerdem habe ich mir selbst die gleichen Fragen auch schon gestellt.

„Machen Sie sich das alles einmal so richtig bewusst!“, redet er sich in Rage. „Gott hat den Menschen eine wunderbare Welt zur Verfügung gestellt. Aber sie machen sie nach und nach kaputt. Sie haben wahre biologische Wunderwerke als Körper. Und was tun sie damit? Sie vergiften sie, führen ihnen miserable Nahrung zu. Viele treiben regelrecht Schindluder mit ihnen! Die meisten schätzen sie einfach nicht wirklich. Dann wurde den Menschen auch noch ein grandioser Geist geschenkt, ein großartiger Verstand! Aber sie lassen ihn verkommen, benutzen ihn allenfalls gelegentlich, und dann auch meist noch für Schädliches! Gott hat ihnen die Möglichkeit zu herrlichen Gefühlen gegeben, wie zum Beispiel Liebe, Freude und Lust. Aber sie verteufeln oder missbrauchen sie. Und so weiter. Ach wissen Sie, ich könnte noch stundenlang damit fortfahren. Doch es hilft nichts, die Menschen sind einfach zu dumm, um die ihnen geschenkten Gaben würdigen zu können oder auch nur einigermaßen sinnvoll damit umzugehen. Meinen Sie nicht auch?"

Kleinlaut versuche ich ein Nicken. Ich müsste lügen, wollte ich ihm jetzt widersprechen.

„Nun gut, kommen wir wieder zur Sache", fährt Gabriel fort. „Diese junge Frau, die eben als kleines Mädchen mit seiner Oma den Zebrastreifen überquert, wird einen revolutionären Ersatz für sämtliche Antibiotika entdecken und entwickeln. Außerdem, doch das sei nur am Rande erwähnt, wird sie später – man höre und staune – auch noch die Partnerin Ihres Sohnes, liebe Frau Engelin. Jawohl, dieses Kind wird die Frau von Christopher, der durch seine überragenden Kenntnisse auf anderen Gebieten zu den Entdeckungen von Anastasia – so heißt das Mädchen – einen erheblichen Beitrag leisten wird. Beides wird nicht möglich sein, sollten Sie das Kind überfahren. Anastasia wäre schlicht und ergreifend tot, und Ihr Sohn würde für viele Jahre auf seine Mutter verzichten müssen, die mit dem durch sie verursachten Tod des Kindes psychisch nicht fertig wird, von den juristischen Folgen des Unfalls mal ganz abgesehen. Er würde seine Fähigkeiten auf dem Gebiet der Computertechnik und Biotechnologie nicht so weitreichend entfalten können, wie es sonst möglich wäre. Und der Gegenseite wäre das durchaus angenehm. Aber das können wir nicht so einfach zulassen.“ Er lehnt sich zurück und blickt mich fragend an. „Was meinen Sie? Ist das nun eine besondere Situation?“

Natürlich bin ich total verblüfft – und entsetzt zugleich. Mein Christopher soll ein so überaus wichtiger Mensch sein? Und dieses Mädchen auf dem Zebrastreifen könnte für die Menschheit von solch enormer Bedeutung sein? Und ich würde dieses kostbare Leben durch eine lächerliche Unaufmerksamkeit – also durch eine absolute Dummheit – womöglich beenden?

Der helle Wahnsinn!

„Und jetzt?“, frage ich, und mir ist bewusst, dass es keine besonders kluge Frage ist.

Der Typ legt seine Hand auf ein dünnes Heft. „Sie machen den besagten Test. Schneiden Sie dabei wenigstens ordentlich ab, werden wir sehen, was wir für Sie tun können. Es geht also nicht darum, hier eine Prüfung zu bestehen oder so, sondern um ein genaues Anschauen dessen, was in Ihnen vorgeht und wie Sie mit den Erfordernissen des Lebens umgehen. Vielleicht ein bisschen vergleichbar mit den meist albernen Psychotests, die Sie schon oft in Frauenzeitschriften gemacht haben. Andernfalls läuft die Zeit eben genau dort weiter, wo sie angehalten wurde. Und es geschieht vermutlich genau das, was Sie selbst ausgelöst haben, obwohl Sie ganz genau wussten, dass Sie absolut falsch handeln. Haben Sie das soweit verstanden?“

„Sicher. Doch wozu dieser Test? Könnten Sie nicht einfach so alles ändern?“

„Kein Problem. Doch warum sollte ich?“

„Das kapier ich nicht! Ich denke, dieses Mädchen und mein Sohn sind so überaus wichtig. Gott braucht doch keinen Test, um das Richtige zu tun. Oder etwa doch?“

„Wer redet hier von Gott? Natürlich braucht er niemanden zu testen, weiß er doch genau, wie leicht Menschen den einfachsten Versuchungen und Ablenkungen erliegen. Und er kennt und liebt sie auf seine Weise dennoch. Bei ihm sind auch die schlimmsten Sünder und größten Versager willkommen – dafür ist kein Test nötig. Aber ich habe einen Job zu erledigen, und den mache ich nicht für jeden. Wenn ausnahmsweise mal ein Eingreifen nötig wird, dann nicht nur so aus Lust und Laune oder weil es mir gerade Spaß macht, sondern mit einer gewissen Berechtigung. Um es in Ihrer Ausdrucksweise zu sagen: Es soll sich wenigstens lohnen, diese Sache mit dem freien Willen kurz zu korrigieren. Meine Handlungsbefugnis reicht nun mal nicht so weit, um so nebenbei alles zu korrigieren, was tagtäglich von den Menschen vermasselt wird. Da müssen Sie sich ein paar Etagen höher beschweren. Ich brauche dafür Mindestanforderungen, und die werden sozusagen getestet. Sie können es auch anders nennen, wenn Ihnen das Wort Test nicht gefallen sollte."

„Ich begreife das trotzdem nicht! Einerseits wollen Sie die Situation zum Guten wenden, aber nur, wenn ich einen Test bestehe. Andererseits würden Sie, wenn ich durchfalle, sozusagen der Gegenseite Vorschub leisten."

„Nochmals: Es geht nicht um Bestehen oder Durchfallen! Und vergessen Sie bitte nicht den freien Willen des Menschen! Der ist uns geradezu heilig. Der Gegenseite ist er egal, die manipuliert tatkräftig und ohne Skrupel, die mischt sich ganz direkt ein, wo es nur geht. Aber das ist eine andere Geschichte. Durch diesen Test prüfen wir nur, ob wir Ihnen Ihren freien Willen, nämlich diesen Unfall zu verursachen, einfach lassen sollen – oder mal wieder eingreifen müssen."

„Und wozu brauchen Sie da einen Test? Korrigieren Sie doch einfach, es ist ja zum Guten!"

„Nehmen wir mal an, liebe Frau Engelin, ich täte das einfach, wie Sie es gerne hätten. Dann wird das heute also geändert, Sie haben nichts dazugelernt und denken womöglich, dass Sie da gerade noch mal Glück gehabt haben. Vielleicht kommen Sie sogar auf die glorreiche Idee, Gott könnte seine Hand im Spiel gehabt haben. Doch viel wahrscheinlicher werden Sie irgendwann glauben, Sie hätten eine sensationelle Reaktionsfähigkeit und Ihnen wird schon nichts passieren. Sie werden leichtfertig. Und irgendwann könnte das Gleiche wieder passieren. Nicht wahr? Sie glauben ja, dass es mit etwas Glück schon gut gehen wird."

Ich bin auf einmal nachdenklich. Da könnte was dran sein. Schließlich wage ich noch einen Einwand: „Trotzdem bleibt da eine Ungereimtheit. Sie machen es letzten Endes von mir, von meinen Fähigkeiten abhängig, wie es mit der Welt und den Menschen weitergeht. Obwohl Sie alles jederzeit zum Guten wenden könnten. Das ist doch nicht menschlich!"

„Oh doch, meine Liebe! So handeln viele Menschen Tag für Tag. Wir bewegen uns also weiterhin im menschlichen Bereich. Tut mir leid, aber so ist es. Ehrlich gesagt, wäre mir etwas anderes auch lieber, aber ich darf nicht einfach alles zum Guten wenden. Ich muss alles ungefähr in der Art und Weise belassen, in der die Menschen sich nun mal verhalten, ob es mir passt oder nicht. Viele Menschen könnten jeden Tag etwas an ihrem Verhalten zum Guten ändern, es würde ihnen nicht einmal sonderliche Mühe bereiten. Aber sie tun es nicht. Das reicht vom Politiker oder Manager bis zum sogenannten kleinen Mann auf der Straße! Das gilt für den Umgang von Eltern mit ihren Kindern, von Lehrern mit den ihnen anvertrauten Schülern, von Männern mit den angeblich von ihnen so geliebten Frauen und so weiter – und alles natürlich auch genau andersrum! Das ist, wie mir scheint und zu meinem größten Bedauern, leider in höchstem Maße menschlich."

„Aber wo bleibt da die Logik?"

„Gute Frage! Wenn Sie mir vorwerfen, dass das nicht logisch sei, stimme ich Ihnen zu. Doch wer hat behauptet, dass Gottes Handeln für Menschen logisch erscheinen muss?"

Ich senke den Kopf und überlege fieberhaft. Etwas an dieser Sache gefällt mir nicht! Da stimmt was nicht! Aber was?

Ich komm nicht drauf.

Sollte ich mich irren, und ich fühle mich nur unbehaglich bei dem doch etwas beängstigenden Gedanken, dass Gott nicht logisch sein soll? Oder schlägt mir die menschliche Unlogik auf den Magen? Ich bin total verwirrt und weiß nicht, was ich sagen soll. Also frage ich: „Und der Test ist also gar nicht so sehr eine Prüfung, sondern mehr eine Art Lehrstunde?"

„Beides, meine Liebe, beides! Das Leben besteht Tag für Tag aus Prüfungen, und Sie werden nahezu in jeder Stunde mindestens einmal getestet, ohne es zu merken. Und jede Prüfung ist kostbar, jede ist ein Geschenk an Sie. Denn sie beinhaltet – wie dieser Test – für Sie die Chance, stärker zu werden, Wichtiges zu begreifen und etwas Wertvolles zu lernen. Nur tun das die meisten Menschen nicht. Sie wollen einfach nicht lernen! Vielleicht sind sie zu bequem? Oder zu borniert? Oder sie haben Angst davor, etwas Neues zu lernen? Ich hab das noch nie verstanden!"

Ich, ehrlich gesagt, auch nicht. Nicht mal bei mir selbst.

„Menschen stellen sich aber auch so ungeheuer dumm an", spricht Gabriel weiter. Er scheint nun richtig in Fahrt zu kommen. „Und sie schaden sich selbst, wo sie nur können – alles aus kurzsichtigem, gierigem Egoismus und aus der Weigerung, all das zu leben und umzusetzen, was sie wissen. Ein gesunder Egoismus ist ja in Ordnung, er hat durchaus etwas für sich. Aber dabei denkt man auch etwas weiter als nur bis zum nächsten Augenblick. Man zerstört zum Beispiel nicht einfach seine Lebensgrundlagen! Oder will nicht nur mal rasch auf Kosten anderer viel Geld verdienen, um langfristig unterzugehen. Selbst wenn man seine Gier nicht überwinden und ablegen kann, so ist es dennoch wichtig, sie zu zügeln – und sei es nur für langfristige Erfolge! Und dergleichen mehr, ich könnte hier Millionen passender Beispiele aufzählen. Fragen Sie mich nicht, warum das so ist! Gier, Hass, Egoismus, Raffsucht, mangelnde Intelligenz oder zu wenig Bildung? Habsucht oder ganz einfach nur abgrundtiefe Dummheit? Was weiß ich, ist mir eigentlich auch egal. Ich mach hier nur meinen Job." Er seufzt tief, reibt sich die Nasenwurzel und fährt fort: „Obwohl, wenn ich's mir recht überlege, liegt es vermutlich an der tiefen, inneren Unzufriedenheit, mit der die meisten Menschen rumlaufen. Das muss einen ja mürrisch machen. So viele laufen voller Groll und total frustriert durch die Welt, weil ihnen allen etwas ganz Entscheidendes fehlt."

„Und was wäre das Ihrer Meinung nach?"

Er lacht. „Na klar! Das hätte ich mir denken können, dass ihr Menschen niemals darauf kommt. Wollen Sie es wirklich wissen?"

„Aber ja!"

„Auch wenn es Ihnen peinlich oder unangenehm sein könnte?"

„Trotzdem!"

„Also gut. Ich will es mal vorsichtig formulieren, denn es ist für die meisten Menschen – so auch für Sie, meine Liebe – fast ein Tabuthema."

„Da bin ich aber gespannt."

Er sieht mich lange an, und mit der Zeit werde ich ganz unsicher und kribbelig. Keine Ahnung, ob vor Ungeduld oder Angst, ob vor Spannung oder Aufgeregtheit. Doch dann beginnt er endlich wieder zu reden: „Es ist so: Auch zweitausend Jahre nach dem Aufenthalt von Jesus auf der Erde leben die Menschen noch immer nicht voller Liebe und Mitgefühl und schon gar nicht in Frieden. Die meisten fühlen sich auch heute noch ungeliebt und sind bis zur Halskrause voller Angst, wie Sie schon ganz richtig angemerkt haben. Die allermeisten sind deshalb mutlos und trauen sich nicht, andere wahrhaftig zu lieben. Und so weiter. Das alles ist schlimm genug. Doch dann kommt ein wesentlicher Punkt dazu, der vielen offenbar nicht klar ist: Aus diesem Mangel heraus ist kaum einer in der Lage, noch wirklich klar zu denken. Zu viele unerfüllte Sehnsüchte verkleben sozusagen das Gehirn. Hinzu kommt die Unfähigkeit, sich einfach mal fallen zu lassen und hinzugeben! Die meisten können sich weder Gott noch dem Leben noch einem scheinbar geliebten Mitmenschen hingeben. Ich spreche jetzt aber auch – halten Sie sich gut fest – von Sex."

Ich schaue ihn mit großen Augen an und bin in der Tat völlig verblüfft. Damit hatte ich nicht gerechnet, zumal es auch für mich ein nicht gerade unproblematisches Thema ist.

„Gott hat euch Menschen diese lustvollen Empfindungen, die ihr bei liebevollem Sex empfindet, nicht ohne Grund geschenkt. Ginge es nur um die Zeugung neuen Lebens, hätte man das auch unkomplizierter und unproblematischer lösen können, dafür gibt es in der Natur einige wundervolle Beispiele. Nicht wahr? Es geht also nicht nur um die Fortpflanzung, obwohl das oft, auch heute noch, behauptet wird. Immerhin – großartig genug und ein Wunder ohnegleichen ist es auf jeden Fall. Doch ich spreche hier nicht etwa von den aufregenden Gefühlen – die bei lieblosem und rein körperlichem Sex letztendlich einen hohlen und leeren, allseits bekannten faden und bitteren Nachgeschmack hinterlassen. Rein körperlicher Sex mag ganz nett sein, ist aber auch oberflächlich und im Grunde überflüssig. Nein, Sex an sich hat auch eine geistige, eine spirituelle Dimension, und die gibt es nicht etwa ohne Grund! Sie ist eng verwandt mit besonders tiefen, ekstatischen religiösen Empfindungen. Ist Ihnen das nicht auch schon mal aufgefallen?“

Ich schüttle den Kopf.

„Schade. Es gibt nämlich genügend Beispiele, an welchen man das klar und deutlich bemerken kann, schon rein sprachlich. Auch in der Bibel übrigens. Doch sei’s drum. Wahrer Glaube ist ohne eine gewisse körperliche Komponente meist verkopft, wenn Sie wissen, was ich meine. Blutleer, weltfremd und seltsam unlebendig. Es gibt ausreichend deprimierende Beispiele dafür, auch unter den Vertretern sämtlicher Kirchen. Deshalb gehört zu wahrer Religiosität auch die leibliche Seite, die Verbindung zum Körperlichen. Und andersrum ist es genauso: Körperliche Freuden können gut tun und eine gewisse Erleichterung verschaffen. Doch ohne Verbindung zu tiefen seelischen Empfindungen und geistigen Regungen werden sie letztlich enttäuschend bleiben. Das kennen Sie sicher aus eigener Erfahrung nur allzu gut. Und nun kommt es, Frau Engelin, passen Sie gut auf! Sitzen Sie bequem?“

Er grinst mich wieder frech an und wartet die Antwort gar nicht erst ab, sondern fährt fort: „Erst die angemessene Verbindung von beidem kann den Menschen erhöhen und in ungeahnte Sphären katapultieren. Das gilt übrigens vor allem für Männer, die ohnehin ein wenig blockiert und gehemmt sind, was Gefühle anbelangt. Das haben Sie ja sicher auch schon des Öfteren bemerkt. Nun haben euch verblendete und verklemmte Führer der Kirchen leider lange genug eingehämmert, dass Sex etwas Schlechtes oder gar Böses sei – als ob etwas von Gott Erschaffenes überhaupt jemals schlecht sein könnte! Eigentlich eine Unverschämtheit! Aber ihr habt es in eurer Dummheit geglaubt und lebt oftmals bis heute entsprechend. So sind viele Menschen in ihrem tiefsten Inneren unzufrieden, weil ihnen etwas Wesentliches fehlt, nämlich das körperliche Berührtwerden in ihrer Spiritualität – und das spirituelle Berührtwerden in ihrer Leiblichkeit. Es geht hier, verstehen Sie mich da bitte richtig, nur um leibhaftigen, um einen gewissermaßen geerdeten Glauben! Den Kopf im Himmel, aber dennoch beide Beine fest auf dem Boden! Und es geht um göttlich inspirierte, spirituelle Leibhaftigkeit. Also beide Beine auf der Erde, aber dennoch mit dem Kopf in den Wolken! Verstehen Sie, was ich damit sagen will?"

„Ich weiß nicht so recht. Sie meinen also allen Ernstes, dass durch so etwas wie Sex mein Glaube vertieft und gestärkt werden könnte?"

„Nicht nur das, sondern noch viel mehr. Aber nicht, wie Sie es nennen, durch so etwas wie Sex! Sondern durch liebevollen und spirituell berührenden, durch wahrhaftig ergreifenden Sex voller Tiefe. Nicht durch das, was ihr Menschen heutzutage meistens darunter versteht! Ich meine ein göttlich inspiriertes und ein dennoch ekstatisches körperliches Zusammensein. Dadurch werden Sie Gott näher kommen, als Sie es jemals für möglich gehalten haben. Durch rein körperlichen, oberflächlichen und rasch mal so nebenbei absolvierten Sex, sozusagen um sich ein wenig zu entspannen und zu erleichtern, entfernen Sie sich dagegen ein Stück weit von Gott. Glauben Sie mir! Es ist wirklich wichtig, dass Sie das in seiner Gesamtheit erfassen und verstehen. Es sei denn, Sie wählen gleich den Weg der Askese. Doch das ist ein anderes Thema und gilt im Grunde nicht für den normalen Menschen und seinen Alltag."

Ich nicke und sage: „Darüber werde ich wohl noch lange und oft nachdenken müssen."

„Tun Sie das!", antwortet er ungerührt.

„Aber … wie verträgt sich das mit dem, was ich in der Kirche über Sex höre oder was in der Bibel darüber steht?"

„Denken Sie darüber nach! Merken Sie sich genau, was ich dazu gesagt habe! Lesen Sie sehr aufmerksam und genau. Und bedenken Sie, dass Menschen – auch Christen – oft dazu neigen, ihre eigenen Ängste und Tabus anderen überzustülpen. Mehr will ich jetzt dazu nicht sagen, denn dann würde unser Gespräch für meinen Geschmack doch zu weit gehen und zu lange dauern. Eigentlich habe ich sowieso schon zu viel zu diesem Thema gesagt. Überhaupt bin ich heute ziemlich geschwätzig …"

Ich nicke ergeben, obwohl es heftig in mir rumort.

Er dagegen räuspert sich und fährt sachlich, ja fast geschäftsmäßig fort: „Dann kehre ich also mal zurück zu unserer Ausgangsposition: Wissen Sie, Frau Engelin, der Mensch ist die einzige Spezies auf der Erde, die es doch tatsächlich schafft, sich andauernd selbst zu behindern, es sich gegenseitig schwerer als nötig zu machen und sich selbst zu schaden, wo es nur geht. Und es wäre mehr als bedauerlich, wenn das an solchen Kleinigkeiten liegen würde, die relativ leicht und mühelos behoben werden könnten. Alle Menschen befänden sich zumindest mal auf einem zufriedeneren, gelasseneren Level. Bei diesen Verhaltensweisen, mit welchen Menschen sich gegenseitig behindern, anstatt einander zu fördern, rede ich übrigens nicht mal von großen Dingen wie zum Beispiel Politik, Umweltzerstörung, Krieg und so weiter. Ganz alltägliche Kleinigkeiten sind es, die das beweisen."

„Haben Sie ein Beispiel? Nur damit ich Ihnen folgen kann."

„Massenhaft. Nur brauchen Sie gar keine. Sie haben es höchstpersönlich schon tausendfach erlebt. Und wenn Sie sich mit wachen Augen umschauen, beobachten Sie das jeden Tag in Ihrer nächsten Umgebung. Es gibt so viele Menschen, die wissen ganz genau, was sie eigentlich erreichen wollen, tun aber sonderbarerweise alles dafür, dass sie es garantiert niemals schaffen. Oder sie kämpfen, wie es scheint, geradezu verzweifelt darum, auf gar keinen Fall glücklich zu sein, und tun alles dafür, dass sich ihre Träume, Sehnsüchte und Wünsche niemals erfüllen. Schenken Sie diesen Leuten die Möglichkeit, sich einen lange gehegten Traum zu erfüllen, kann es sogar sein, dass sie davor zurückschrecken! Alles Mögliche führen sie an, um es nicht tun zu müssen. Sie probieren es nicht mal. Und oft habe ich den Verdacht, diese Menschen haben tatsächlich Angst davor, es könnte tatsächlich so wundervoll werden, wie sie es sich schon immer erträumt haben. Und gerade das wäre wohl aus einem unerfindlichen Grund eine Katastrophe!"

Ich blicke ihn vermutlich ziemlich verdattert an, denn diese Situation kommt mir durchaus bekannt vor.

Er hebt die Hände und meint grinsend: „Unglaublich, nicht wahr? Viele scheinen mit allen Mitteln verhindern zu wollen, dass sich ihre Träume erfüllen, dabei glauben sie, eigentlich alles nur Erdenkliche für ihre Erfüllung zu tun. Manche, die zum Beispiel einen Partner fürs Leben suchen, sind plötzlich komisch und widerborstig, abweisend und kalt, wenn sie ihrem Traum gegenüberstehen. Haben sie plötzlich Angst? Vor was denn? Sie haben doch davon geträumt! Andere wollen so gerne beliebt sein, benehmen sich aber so verkrampft und blöd dabei, dass sie nur das Gegenteil davon erreichen und sich regelrecht unbeliebt machen. Und so weiter. Sie alle merken offenbar nicht mal, dass sie sich selbst schaden, dass sie ihre eigenen Ziele geradezu sabotieren."

Oh ja, denke ich, solche Leute kenne ich einige. Ob ich mich selbst auch schon so idiotisch verhalten habe?

„Und kommt eines Tages jemand daher“, redet Gabriel weiter und lässt mir keine Zeit zum Nachdenken, „und bietet einem an, dass man seine Träume auf der Stelle erfüllen könnte, dann kriegt man es mit der Angst zu tun und läuft womöglich schnell weg. Als könnte so jemandem sein Weltbild zusammenbrechen, wenn er erfährt, dass es machbar ist, wonach er sich sehnt. Damit sind wir auf einmal wieder im religiösen Bereich, denn da verhalten sich zahllose Menschen genauso. Im krassesten Fall, auch das kam ja bekanntermaßen schon vor, bringen sie denjenigen einfach um, der ihnen den Weg zur Erfüllung ihrer Träume weist. Ich kenne da einen, der kann ein Lied davon singen. Dabei hat er nur von Liebe und Frieden gesprochen, wollte nur Gutes tun. Jedenfalls hab ich mir in derartigen Fällen schon oft ungläubig die Augen gerieben und die Haare gerauft – und gar nichts mehr kapiert. Und glauben Sie mir, es gibt kein anderes Lebewesen, das sich so bescheuert verhält wie die Menschen. Erwarten Sie also nicht von mir, dass ich Menschen auch nur einen Hauch von Klugheit zutraue. Das kommt sicher hin und wieder vor, aber leider nur so unglaublich selten …“

Nachdenklich lässt er den Satz in der Luft hängen, beendet ihn nicht. Und dann lehnt er sich zurück, verschränkt die Arme hinter dem Kopf und blickt mich fragend an, als erwarte er eine Antwort. Aber mir fällt nichts dazu ein.

„Wie auch immer“, sagt er nach einer Weile, „selbst wenn jemand hochgebildet und wirklich intelligent ist, kann es sein, dass er auf anderen Bereichen schwere Defizite hat – aber trotz all seiner Bildung und Intelligenz nichts dagegen unternimmt. Was ist da los? Wissen und Scharfsinn allein genügen offensichtlich nicht, es gehören wohl auch Herzenswärme und ein ehrlicher Umgang mit seinen Gefühlen dazu. Darauf müsste doch aber gerade ein intelligenter Kopf auch mal kommen. Nicht wahr?“

Ich hebe die Schultern und gebe ihm so zu verstehen, dass ich nichts Kluges dazu sagen kann. Also fährt er fort: „In den seltenen Fällen, in welchen jemand bereit sein könnte, etwas zu lernen und zu erkennen, was falsch an seinem Handeln oder Verhalten war, können wir ein wenig eingreifen. Das nennt ihr dann zum Beispiel Gottes Hilfe, Schicksal, Zufall, eine glückliche Fügung oder so ähnlich. Wenn sich in diesem Test zeigt, dass ein Mensch nicht nur weiß oder erkennt, was gut und richtig ist, sondern auch bereit ist, in Zukunft danach zu leben, dann lohnt es sich erst, entscheidend einzugreifen. Ich betone es noch einmal: Es geht nicht darum zu prüfen, ob sich jemand stets einwandfrei und korrekt verhält. Das schaffen Menschen sowieso niemals! Auch Christen nicht. Es geht nur darum, mal ganz genau hinzuschauen, ob jemand überhaupt bereit ist, aus seinen Fehlern zu lernen und an sich zu arbeiten. Es hat auch nichts mit Gottes Liebe zu tun, die man sich verdienen müsste oder so. Das ist Unsinn! Ist das soweit klar? In allen anderen Fällen hat die menschliche Willensfreiheit schlicht Vorrang. Auch wenn ich das noch niemals verstanden habe und oft nur zähneknirschend akzeptiere. Wenn's nach mir ginge … Aber lassen wir das.“

„Ich verstehe“, antworte ich und wirke dabei vermutlich ziemlich kleinlaut. „Ich hab schon oft in meinem Leben gewusst, was gut und richtig gewesen wäre und trotzdem das Falsche getan. Sie glauben natürlich, was ja kein Wunder ist, dass es bei mir so weitergehen dürfte wie bisher. Ich hab nach dem Handy gegriffen, obwohl mir währenddessen bewusst war, dass das ein schwerer Fehler sein könnte. Und Sie denken nun, ich werde immer wieder die gleichen Dummheiten begehen. Stimmt's?“

„So in etwa. Sie verblüffen mich, Frau Engelin. Sie sind ja doch klüger, als ich dachte. Wissen Sie, von der vielen Beschäftigung mit menschlichen Verhaltensweisen werde auch ich manchmal ganz irre. Wenn Sie aber so klug sind, warum verhalten Sie sich dann so unglaublich dumm? Wieso handeln Sie oft wider Ihr besseres Wissen? Und – auch wenn ich Ihnen mit all diesen Fragen auf die Nerven falle – warum haben Sie nach dem Handy gegriffen?“

Was soll ich dazu schon sagen? „Über das hinaus, was ich Ihnen bereits zu erklären versucht habe, nämlich dass wir Menschen einfach schwach und fehlerhaft sind, voller Angst und Feigheit – keine Ahnung“, antworte ich also.

„Sehen Sie“, sagt Gabriel, „das ist nun wieder so richtig bescheuert. Verzeihen Sie meine saloppe Ausdrucksweise, aber da kann ich nicht anders. Einfach mal etwas zu tun in dem Wissen, dass es garantiert falsch ist, das ist schon schrecklich genug beziehungsweise dumm. Es dann aber auch noch ohne Grund zu tun, also ohne im Geringsten zu wissen, warum und wofür man es tut oder, wie Sie es ausdrücken, keine Ahnung zu haben – wie soll ich das nennen?“

Ich sehe ihn betroffen an und sage: „Ich verstehe, was Sie meinen. Wissen Sie denn, wenn Sie schon so ein schlauer Besserwisser sind, warum die Menschen das tun?“

„Gute Frau, Sie wissen es ja nicht mal selbst! Wie soll ich es dann wissen? Ich hab schon so viele danach gefragt, und keiner hat es mir jemals erschöpfend beantworten können. Und glauben Sie mir, hier haben schon verdammt kluge Köpfe gesessen. Aber in dieser Hinsicht waren sie alle so blöd wie Sie!“

„Danke für das Kompliment!“

„Das war kein Kompliment, das war eine Feststellung. Denn es ist die Wahrheit!“

„Umso besser. Dann weiß ich ja jetzt Bescheid.“ Das soll frech klingen und etwas trotzig, ihn sogar ein wenig provozieren. Doch der Kerl sieht mich nur ernst an und lässt sich einfach nicht aus der Reserve locken. Ich hab plötzlich das Gefühl, etwas wieder gutmachen zu müssen und füge leise hinzu: „Vielleicht könnte es ja helfen, würden die Leute sich öfter in Therapie begeben? Und es wäre sicher gut, wenn mehr Menschen auf der Welt wahrhaftige Christen wären.“

Er macht eine wegwerfende Handbewegung, als seien meine Gedanken das Allerletzte zu diesem Thema, und knurrt mich an: „Jetzt kommen Sie mir auch noch mit diesem Schwachsinn! Andauernd will mir jemand weismachen, das seien Allheilmittel. Dabei ist dieses ständige Herumtherapieren vielleicht eine der Hauptursachen für das, was ich die totale Verwirrung der Menschen nenne. Und beim christlichen Glauben ist das kein bisschen anders!“

„Wie bitte? Wie meinen Sie denn das nun wieder?“, frage ich neugierig nach. Immerhin hab ich mich selbst mal in eine Psychotherapie begeben, um den Tod meines Mannes zu verarbeiten und zu erfahren, was jetzt richtig für mich sein könnte. Und ich bin schließlich seit vielen Jahren überzeugte Christin!

„Kann ich Ihnen erklären“, antwortet Gabriel trocken. „Würde jedoch eine Weile dauern. Wollen Sie etwas darüber hören?“

*

„Jetzt, wo ich dir das alles erzähle“, unterbrach Annemarie ihren Bericht, „weiß ich natürlich mehr. Ich verstehe jetzt einiges. Doch in diesem seltsamen Büro, als ich Gabriel gegenübersaß, dachte ich: Jetzt hab ich ihn erwischt!“

Ob sie uns noch einen Tee machen solle, fragte sie dann. Was ich dankend annahm. Ich war zwar aufgeregt, aber es war doch immerhin mitten in der Nacht. Und ich fühlte mich müde.

Während sie uns beiden also Wasser für einen neuen Tee aufsetzte, lachte sie bitter. „Dir müsste ja so manches gefallen“, stellte sie fest, „was dieser Gabriel da von sich gegeben hat. Nicht wahr? Peter wäre jedenfalls begeistert gewesen.“

„Stimmt“, antwortete ich. „Er hat zu vielen Themen einiges gesagt, was auch von mir kommen könnte. Sympathischer Kerl! Wer oder was ist er denn nun eigentlich?“

„Tja, wenn ich das wüsste. Er hat es mir bis zum Schluss nicht verraten. Was glaubst du?“

Ich zuckte mit den Schultern. „Keine Ahnung. Mir kommt die ganze Geschichte ohnehin ziemlich schräg vor. Würde ich dich nicht kennen und dir nicht grundsätzlich vertrauen, hätte ich echte Probleme damit, das alles zu glauben. Es ist ziemlich abgedreht, weißt du.“

Annemarie schluckte und schwieg. Während sie sich mit frischem Tee an den Tisch setzte und mir eine weitere Tasse einschenkte, sah sie mich unsicher an und sagte: „Du hältst mich vermutlich für verrückt.“

„Nein!“, sagte ich und schüttelte den Kopf. „Und das weißt du auch! Aber was würdest du denn denken, wenn ich dir so eine Geschichte erzählte? Oder wenn ich dir mitten in der Nacht berichte, dass mir vorhin ein UFO begegnet ist?“

Sie nickte. „Klar, ich würde mich auch fragen, was denn mit dir los ist. Aber es wird ja noch viel verrückter. Schließlich war ich nicht umsonst etwas verdreht, als ich nach Hause kam. Ich wollte Christopher bestimmt nicht aufregen oder ärgern. Aber ich musste einfach für mich sein und meine Gedanken sortieren. Ich hatte das Gefühl, ich würde sonst gleich durchdrehen. Und hätte ich das alles nicht wirklich genau so erlebt, würde ich es mir ehrlich gesagt selbst nicht glauben."

„Was nichts daran ändert, dass es spannend, lehrreich und sehr interessant ist, egal ob du es nun geträumt oder tatsächlich erlebt hast. Letzten Endes ist das doch gar nicht so wichtig. Oder? Wie ging's denn weiter?"

„Ich finde es jetzt, nachdem ich alles weiß, ungeheuer wertvoll und nachdenkenswert, was er mir zu sagen hatte. Ganz egal, ob es nur ein Traum war, eine Vision oder was auch immer. Ich bin jedenfalls überzeugt, dass ich es wirklich erlebt habe. Doch nun weiter in meinem Bericht." Und Annemarie erzählte weiter, nachdem sie mir das Versprechen abgenommen hatte, ihr wie bisher einfach nur zuzuhören.

*

„Ich bezweifle natürlich keineswegs“, fährt Gabriel fort, „dass Therapie und gelebtes Christentum an sich etwas Gutes sind. Ohne mich da einmischen zu wollen, behaupte ich aber: Beides wird den Menschen zu oft völlig falsch vermittelt und darüber hinaus von den meisten auch noch falsch verstanden.“

„Aha“, werfe ich frech ein und grinse dabei wohl etwas zu deutlich.

„Sie brauchen da gar nicht zu lachen“, sagt er. „Es ist so. Zunächst einmal braucht kaum jemand wirklich eine Therapie. Zum Christentum komme ich später, doch das meiste, was ich zum Thema Therapie sage, gilt in einem gewissen Sinn ebenso dafür! Deshalb will ich gerne mit der Psychologie beginnen. Eigentlich sind Psychologie und Therapie etwas für Kranke. Das sagt doch schon das Wort an sich, denn Therapie heißt nichts anderes als Heilung. So betrachtet war nämlich Jesus auf Erden ein Therapeut, ein Heiler, nicht wahr? So viele psychisch kranke Menschen gibt es nun auch wieder nicht, wie in den letzten Jahren an Therapien angeboten und wahrgenommen wird – obwohl die meisten Menschen derzeit ziemlich verdreht wirken!“ Er blickt mich forschend an und fragt: „Ist es nicht so?“

„Irgendwie schon. Andererseits – wenn so viele verdreht sind, wie Sie behaupten, dann brauchen wohl dementsprechend viele therapeutische Hilfe, oder nicht?“

„Etwas mehr Ehrlichkeit, vor allem auch sich selbst gegenüber, würde bei den meisten schon reichen. Dazu Offenheit! Ein klarer Verstand, den man hin und wieder wirklich und sinnvoll gebraucht! Gott hat ihn euch Menschen ja nicht nur zur Zierde geschenkt. Eine kräftige Portion selbstkritischer Beobachtung! Gute, offene und ehrliche Gespräche mit Freunden, die sich nicht nur um den letzten Urlaub, die neuesten Eroberungen, den besten Wein, den letzten Spieltag beim

Fußball oder das neue Auto drehen! Und als wichtigste Beigabe der entschiedene und klare Grundsatz, andere stets so zu behandeln, wie man selbst behandelt werden möchte – das alles müsste völlig reichen, um ohne Therapie klarzukommen und im Prinzip ein gutes Leben zu führen. Menschen, die so zu leben versuchen, sind auch eindeutig gute Christen, selbst wenn sie sich gar nicht als solche verstehen. Ob man das nämlich christlich oder durchtherapiert nennen will oder wie auch immer, das ist eigentlich egal. Es ist ohnehin christlicher und psychisch gesünder als das, was und wie die meisten leben."

„So einfach? Meinen Sie das ernst?"

„Ja, so einfach!"

„In einem muss ich Ihnen immerhin Recht geben: Hätte ich vieles von dem verwirklicht, wäre wohl auch bei mir eine Therapie nicht unbedingt nötig gewesen. Aber was das Christsein anbelangt, so muss ich energisch widersprechen. So einfach, wie Sie das schildern, ist es nämlich nicht: Andere immer so behandeln, wie ich es selbst gern hätte! Hört sich toll an, steht sogar irgendwo in der Bibel, geht aber oft nicht so leicht, wie Sie sich das vorstellen. Und gute Freunde haben auch nicht immer Zeit und …"

Er unterbricht mich einfach: „Aber Sie könnten jederzeit ein offenes Herz und einen klaren Verstand haben! Sie könnten immer ehrlich sein, auch sich selbst gegenüber! Und das mit dem Grundsatz, dass man anderen nicht etwas antun soll, was man selbst auch nicht will, ist ja schon so etwas wie eine Binsenweisheit, die jedes Kind kennt! Und glauben Sie mir – nichts ist einfacher als das, wenn man es ernst meint."

„Mag ja für manche gelten. Aber ich sagte doch, dass es für die meisten nicht so leicht ist, wie Sie hier behaupten, wohl auch nicht für mich."

„Warum denn? Sie selbst sind ein wunderbarer Beweis dafür, dass es eben doch ganz einfach wäre –

wenn man nur wirklich wollte. Ich erwähne mal ein ganz harmloses Beispiel: Von Ihrem Sohn erwarten Sie Abend für Abend, dass er Sie erst einmal ein Weilchen in Ruhe lässt, wenn Sie von der Arbeit nach Hause kommen. Nicht wahr?“

„Stimmt. Ich brauch einfach ein paar Minuten Zeit für mich, um zur Ruhe zu kommen. Ist das so schwer zu verstehen?“

„Ach, Frau Engelin, darum geht’s doch gar nicht. Sie müssen sich nicht gleich aufregen! Ich verstehe das sehr gut, mir ginge es an Ihrer Stelle genauso, wäre ich ein Mensch und hätte ich ähnliche Probleme. Aber ist es nicht seltsam, dass Ihr Mann mit Ihnen oft genug das gleiche Problem hatte? Kaum war er zu Hause, haben Sie ihn mit allem überschüttet, was Ihnen gerade in den Sinn kam. Dabei hätte der Arme ebenso wie Sie einfach nur ein paar Minuten Ruhe gebraucht. Und er hat Ihnen das oft genug klar und deutlich gesagt, anfangs sehr freundlich, später auch mal ziemlich garstig. Hatten Sie deswegen zum Schluss nicht regelmäßig Streit mit ihm? Oft genug wollten Sie ihm irgendwelche Beschwerden oder Gespräche regelrecht aufzwingen, sogar zu unmöglichen Zeiten! Warum haben Sie Ihren Mann nicht genauso behandelt, wie Sie selbst behandelt werden möchten? Dann wäre das Leben für Sie beide viel einfacher gewesen. Nicht wahr? Oder denken Sie nur daran, wie oft Sie ihn angeschrien haben, er solle Ihnen beim Autofahren nicht ständig dazwischenquatschen, und Sie seien alt genug, um zu wissen, wie Sie zu fahren haben! Doch Sie selbst waren noch viel schlimmer als er, wenn Sie Beifahrerin waren. Mir fällt da das Thema Eifersucht ein: Sie haben sich immer gegen seine Eifersucht und seine besitzergreifende Art gewehrt, wollten sich – als moderne Frau – frei und unabhängig fühlen, auch noch Ihr eigenes Leben neben der Ehe führen. Dabei ist Unabhängigkeit ohnehin nur eine Illusion! Alle Menschen sind auf die eine oder andere Weise von so vielem abhängig, mehr oder weniger auch von allen anderen Menschen! Von Gott will ich hier gar nicht erst reden. Jedenfalls waren Sie selbst viel eifersüchtiger und besitzergreifender als er. Kaum wollte er nämlich mal etwas ohne Sie unternehmen, sind Sie fast durchgedreht. Erinnern Sie sich? Und bedenken Sie, das sind nur relativ harmlose Beispiele. Ich könnte eine Menge anderer nennen, die nicht unbedingt so harmlos sind und viel tiefer gehen."

„Nein, danke! Das genügt. Ich hab kapiert, was Sie meinen. Ich behaupte trotzdem, dass es nicht so leicht ist …"

„Gut. Mag ja sein. Vielleicht haben Sie Recht, vielleicht ist das nicht immer so leicht, wie man es sich vorstellt. Ich erwarte ja nichts Unmögliches! Aber jetzt kommt der Knackpunkt. Schalten wir mal das Gehirn ein und drehen das Ganze einfach um: Man muss doch nur das, was man selbst kaum oder gar nicht schafft, nicht unbedingt und um jeden Preis von anderen erwarten oder gar von ihnen verlangen! Sie selbst haben's nicht geschafft, aber von Ihrem Sohn verlangen Sie es, als sei es das Einfachste von der Welt!"

Wahrscheinlich hab ich in diesem Augenblick ziemlich blöd geguckt. Kann man sich ja vorstellen, denn diese Erkenntnis war für mich wie ein Schlag ins Gesicht. Warum kommt man nicht selbst auf so was?

Gabriel grinst jedenfalls nur und meint trocken: „Na also. Dann ist das ja wenigstens geklärt, und ich kann beim Thema Therapie weitermachen, wenn Sie gestatten: Therapeut heißt eigentlich Heiler, wie ich vorhin bereits erläutert habe. Somit ist Therapie etwas für Kranke. Doch heutzutage macht doch fast jeder mehr oder weniger mit allen möglichen Therapien rum, als sei das ein netter Zeitvertreib, ein hübsches Hobby oder gar ein lustiges Spiel, mit dem man nebenbei ein wenig Selbstfindung ausüben kann. Und dann gibt es noch viele, die einfach mal ein bisschen Therapie machen, um sich wichtig zu fühlen, vor anderen gut dazustehen und prima bei den nächsten Partys damit angeben zu können. Nicht wenige suchen vermutlich einfach nur jemanden, der ihnen endlich mal zuhört, einem seine volle Aufmerksamkeit schenkt. Oder man hat tatsächlich ein paar Problemchen, zum Beispiel in seiner Partnerschaft, oder auch mit sich selbst, im Kollegenkreis oder so – und schon muss man unbedingt mit einem Therapeuten reden.

Man könnte ja auch so damit umgehen, wie ich es vorhin bereits ausgeführt habe. Aber anstatt selbst die Verantwortung zu übernehmen, mal in Ruhe nachzufühlen, gründlich nachzudenken und sich klar und offen mit den Problemen beziehungsweise den betreffenden Menschen auseinanderzusetzen, gibt man die Verantwortung ab, nach dem Motto: ‚Lieber Papa Therapeut, sag du mir, was richtig ist.' Hier könnten wir ziemlich elegant eine Schleife zum christlichen Glauben einbauen, der ja auch oft genug nur ein kindlich naives Verhalten kaschiert, weit weg von einem erwachsenen und reifen Glauben; nämlich das Abgeben jeglicher Verantwortung an den großen Vater im Himmel: ‚Ich kann für alles gar nichts, er hat es so gefügt, und er wird es auch schon irgendwie richten, ich muss nichts dafür tun, außer vielleicht ein bisschen zu beten.' Und schon hat man zu Gott ein Verhältnis wie ein Kleinkind zu seiner Mutter, an deren Schürze es sich hängt. Aber diesen Abstecher vermeide ich jetzt mal lieber, sonst verzetteln wir uns total. Bei einem kindlich naiven Verhältnis ohne jede Selbstverantwortung gegenüber einem Therapeuten geschieht leider etwas Verhängnisvolles: In nahezu jeder Therapie geht es ja erst mal vordergründig darum, das Selbstwertgefühl aufzubauen. Leider wird das meistens damit verwechselt, das Ego zu vergrößern. Therapie ist ja eigentlich gedacht für Menschen, die seelisch krank sind und schwer unter einem extrem mangelnden Selbstwertgefühl leiden, sich vielleicht nicht einmal selbst spüren können. Leider glauben heutzutage zu viele, sie hätten Minderwertigkeitsprobleme, dabei sind sie eigentlich nur total egoistisch – und kommen deshalb mit einigen Dingen nicht zurecht. Sie tragen zu viele ungestillte Bedürfnisse und nicht wahrgenommene grundlegende Sehnsüchte mit sich herum – und sind deshalb, aus ihrem Mangel heraus, geradezu wahnsinnig egoistisch."

Er lächelt auf einmal milde und blickt mir dabei tief in die Augen. „Jetzt kommt ein überaus wichtiger Punkt, den ihr Menschen beharrlich überseht oder aber falsch einschätzt, weil ihr niemals wirklich gründlich nachdenkt. Sitzen Sie gut, meine Liebe?"

Ich nicke und bin gespannt, was jetzt wieder kommt. Und er bringt tatsächlich einen Hammer: „Wer aber egoistisch ist, wird niemals wahres Selbstwertgefühl bekommen oder haben!"

Er schweigt einen Augenblick lang, während ich zu verstehen versuche, was er damit sagen will. Dann fährt er fort: „Keine Sorge, ich erkläre das: Für wahres Selbstwertgefühl braucht man auch ein bisschen Demut, vor allem aber Liebe. Man muss wirklich und wahrhaftig lieben können, und schon fühlt man sich wertvoll."

Er lehnt sich zurück und meint: „Jetzt muss ich ein wenig abschweifen, aber das ist wichtig: Ich meine nämlich nicht die häufig vorkommende Liebe von einem, der nur vorgibt zu lieben, weil er hofft, dadurch geachtet zu werden und Anerkennung zu finden. Ob das nun ein Christ ist – da kommt das sehr häufig vor – eine Mutter, eine Ehefrau oder wer auch immer, es ist genau das, was die meisten tun. Doch das wiederum ist Egoismus, nicht Liebe. Diese Menschen fühlen sich keineswegs wertvoll, im Gegenteil. Denn sie kriegen ja die ersehnte Anerkennung häufig nicht, weil man genau spürt, dass sie nicht aus Liebe handeln, sondern aus ihrer Sucht nach Anerkennung! Sie wollen für ihr Handeln geliebt werden! Tut man das aber, dann spüren sie genau, dass nicht sie selbst, sondern nur ihr Handeln gemeint ist. Und schon geht es diesen unglücklichen Menschen ziemlich mies. Sie verstehen, was ich meine?“

„Sicher. Ich kenne das gut. Meine Mutter war so eine. Einfach schrecklich! Hat sich für uns aufgeopfert, aber nicht etwa, weil sie es wirklich gerne getan hatte, sondern nur, weil sie sich dadurch wohl Zuwendung und Bewunderung von uns Kindern und ihrem Mann erhoffte. Und von allem hat sie natürlich niemals genug gekriegt. Am liebsten hätte sie uns alle ausgesaugt, um sich dann besser zu fühlen. Aber uns hat sie das nur als wahre Mutterliebe verkauft. Trotzdem hat sie sich stets ausgenutzt und ungeliebt gefühlt! Dabei hat sie gar nichts, aber auch wirklich nicht das Geringste ohne Hintergedanken getan, niemanden ohne die Erwartung einer Gegenleistung geliebt. Wenn man das überhaupt Liebe nennen darf …“

Er grinst mich an und nickt. „Sie haben es erfasst! Also können wir die meisten Therapien deshalb auch gut und gerne Ego-Pflege nennen oder so ähnlich. Wozu, bitte schön, muss das Ego von Menschen gefördert werden, in einer Gesellschaft, in der übermäßiger Egoismus und die Befriedigung sämtlicher eigenen Bedürfnisse ohnehin das Wichtigste sind und an allererster Stelle stehen? Wo das sogar durch die Medien und die Werbung suggeriert wird! Damit streifen wir schon wieder das Thema Christentum: Etwas Demut, hin und wieder auch mal verzichten, viel Mut und Offenheit, ein wenig Disziplin sowie das ständige Einüben von Mitgefühl und Verantwortungsbewusstsein, alles gepaart mit einer riesigen Portion Dankbarkeit – das wären da doch weit sinnvollere Therapieziele. Meinen Sie nicht auch?“

„Ich würde Ihnen gerne widersprechen, denn Sie sehen das zu oberflächlich. Und auf die Gefahr hin, mich ständig zu wiederholen: Ganz so einfach ist es nun mal nicht! Aber mir fallen jetzt leider keine guten Argumente ein, ich bräuchte mehr Zeit und Ruhe dafür."

Gabriel nickt, denkt einen Augenblick lang nach und sagt: „Ich verstehe. Würde mir an Ihrer Stelle vermutlich ähnlich ergehen. Wissen Sie was? Ich mache es anders. Ich erzähle Ihnen nichts, sondern ich frag Sie einfach ein paar Dinge, die niemand im Rahmen einer Therapie so ohne weiteres anzweifeln würde. Ich bitte Sie aber, über meine Fragen konsequent und bis zu Ende nachzudenken. Sie werden dann selbst merken, welcher Unsinn da oft verbreitet wird. Für viele Menschen wären die Ergebnisse solch gründlichen Nachdenkens eine Provokation ohnegleichen. Leider ganz besonders auch für Christen. Deshalb denken sie lieber gar nicht erst so weit. Wer aber sein Herz öffnet und seinen Verstand dennoch eingeschaltet lässt und ihn sinnvoll benutzt, wird spüren, dass es kostbare und heilsame Provokationen sind. Übrigens einer der häufigsten Fehler der Menschen: Entweder sie sind im Kopf, dann wollen sie aber auch nichts fühlen, oder sie sind gerade voller Gefühle, doch dann schalten sie fast automatisch den Kopf ab. Beides ist Unsinn! Doch das sei nur nebenbei bemerkt. Also, wollen wir? Sind Sie einverstanden?"

Den eigentlichen Grund meines Aufenthaltes in diesem ‚Büro', nämlich den Beinahe-Unfall auf dem Zebrastreifen, hab ich fast vergessen. Auch dieses Unbehagen an der Situation, dieser Eindruck, dass an all dem etwas nicht stimmen kann, macht mir nicht mehr zu schaffen. Stattdessen beginnt die ganze Sache, so richtig spannend zu werden und mir auch noch Spaß zu machen. Ich stimme also zu und freu mich darauf, ihm ein paar seiner Vorurteile knallhart widerlegen zu können.

Ich glaub ihm nämlich kein Wort! Was soll schon daran falsch sein, was ich bei meinen Therapeuten alles erfahren habe, was mir wichtig und wertvoll war? Oder daran, was ich aus der Bibel und in Gottesdiensten gelernt habe? Da gibt es nichts dran zu kritteln, denke ich.

„Meinen Sie wirklich?", fragt Gabriel.

Ich hatte nicht mehr daran gedacht, dass der Kerl Gedanken lesen kann.

„Gedankenlesen? Das kann doch jeder", meint er beiläufig. „Auch Menschen. Die meisten verlernen das nur in den ersten Lebensjahren. Könnte aber jeder rasch wieder lernen. Ist also nichts Besonderes. Jetzt bin ich aber gespannt darauf, wie Sie meine Fragen beantworten. Können wir loslegen?"

„Klar. Nur her damit!"

„Gut. Fangen wir mit einem relativ harmlosen Punkt an: Es wird ständig versichert, man müsse andere so akzeptieren, wie sie nun mal sind, und sich selbst ebenfalls so annehmen, wie man eben ist. Hört sich gut an, glaubt jeder sofort, ist ja auch irgendwie tröstlich. Schauen Sie sich diese Behauptung oder Forderung aber mal ganz genau an! Fällt Ihnen etwas auf?"

„Ich verstehe Ihre Frage nicht ganz …"

„Nun stellen Sie sich doch nicht so an! Ich bin's ja gewöhnt, dass die meisten Menschen kaum mal etwas bis zu Ende denken. Doch ein wenig Mühe könnten Sie sich schon geben, Frau Engelin. Wenn Sie diese These konsequent durchdenken, müssten Ihnen ein paar Widersprüche ins Auge fallen."

„Tut mir leid, ich kann da nichts Falsches dran finden. Nach meiner Erfahrung ist es gut, sich selbst so anzunehmen, wie man ist. Und andere in ihrer Eigenart zu akzeptieren, finde ich auch richtig. Und das ist es aus therapeutischer Sicht ebenso wie aus christlicher."

Er nickt. „Was ja ohnehin fast das Gleiche ist, nicht wahr? Christ zu sein, ist äußerst heilsam. Und nennt ihr Menschen Jesus nicht auch den Heiland? Das kommt von Heilen, was viel zu selten beachtet und berücksichtigt wird. Nun gut, zunächst scheint ja auch nichts gegen Ihre Annahme zu sprechen."

„Na also, sag ich doch! Was stört Sie dann daran?"

„Liebe Frau Engelin", sagt er grinsend. Er lässt sich offenbar nicht davon abbringen, meinen Namen falsch auszusprechen und mich als Engelin zu titulieren. „Ich fange schon wieder Ihre Gedanken auf."

Ist schon lästig, wenn man so sehr aufpassen muss, was man denkt.

„Das ist wahr", holt er aus. „Das war auch der Grund, warum die Menschen einst begonnen haben, das Gedankenlesen zu blockieren und zu verlernen. Lügen, Betrügen, Verstecken und so weiter, das alles war ihnen lieber. Und das geht nun mal nicht, wenn jeder jederzeit die Gedanken anderer lesen kann. Aber glauben Sie mir, so ausgesprochen ist Ihr Name viel schöner und vor allem richtiger. Zurück zu meiner Frage: Andere oder auch sich selbst so zu akzeptieren, wie sie nun mal sind oder wie man selbst ist, könnte in letzter Konsequenz auch bedeuten, dass man einen Vergewaltiger oder Kindesmörder so annehmen muss, wie er nun mal ist. Er vergewaltigt eben ganz gerne. Na und? Er ist doch trotzdem okay, oder etwa nicht? Gewiss hat er auch liebenswerte Seiten. Deshalb muss man auch ihn so lieben, wie er ist. Und ein anderer bringt eben gerne Kinder um, nachdem er sie sexuell missbraucht hat. Ein etwas seltsames Hobby, gewiss, aber noch lange kein Grund, ihn nicht so zu akzeptieren, wie er nun mal ist. Oder? Er muss sich nicht ändern, man mag ihn trotzdem, man akzeptiert ja schließlich jeden in seiner Eigenart, nimmt ihn auch mit seinen schlechten Seiten an. Bei Gott mag das ja zutreffen, aber glauben Sie diesen Blödsinn in Bezug auf Menschen etwa wirklich?“

„So ist das doch gar nicht gemeint!“

„Natürlich nicht. Das ist mir auch klar. Nur wird es oft so ausgelegt. Leider! Sicher, ich hab zwei krasse Beispiele gewählt, und es ist wichtig, auch einen Sünder als Menschen an sich anzunehmen. Trotzdem ist er so, wie er jetzt ist, nicht in Ordnung, denn er bringt beispielsweise Menschen um. Er muss noch an sich arbeiten. Ihn als Mensch wirklich anzunehmen, heißt nämlich nicht, ihn rundum absolut okay zu finden oder seine Taten gutzuheißen! Auch Gott nimmt ihn zwar als Mensch an, findet aber gewiss nicht alles gut und richtig, was so einer tut. Doch die Erfahrung lehrt, dass die meisten Menschen mit dieser angeblich therapeutischen Grundregel verbinden, dass sie so in Ordnung sind, wie sie nun mal sind. Ich weiß von Frauen, die nach einer Therapiesitzung nach Hause kommen und zu ihrem Mann sagen: ‚Der Therapeut findet, ich solle mich so annehmen wie ich bin. Auch wenn ich einen Putzfimmel hab, aber das sei schon in Ordnung. Er findet mich jedenfalls okay.‘ Oder ein Mann sagt zu seiner Frau: ‚Ich betrüge dich zwar ständig, aber mein Therapeut meint, ich sei in Ordnung, so wie ich bin. Also muss ich mich ja nicht ändern. Ich weiß gar nicht, was du immer von mir willst!‘ Das stimmt so aber alles gar nicht. Natürlich muss jeder sich selbst und andere erst mal so sehen, wie er ist oder sie sind, sich also keine Illusionen mehr machen, weder über sich noch über andere. Dazu muss man unter anderem zunächst akzeptieren, wie man ist. Ein Alkoholiker, der seine Sucht partout nicht wahrhaben will, kann auch nichts dagegen tun. Sind wir uns soweit einig?“

„Klar. Kein Problem.“

„Gut. Sie sollten sich also ebenfalls so sehen, wie Sie nun mal sind, mit allen guten und schlechten Seiten.

Nichts verleugnen! Nichts beschönigen! Nichts verdrängen! Dann aber – und das vergessen die meisten – sollten Sie auch ständig an sich arbeiten, vor allem an Ihren schlechten Seiten, sollten sich verändern, verbessern, dazulernen, wachsen und reifen. Zu viele meinen, sich anzunehmen sei gleichbedeutend damit, ab sofort nichts mehr lernen zu müssen und im Prinzip so bleiben zu können, wie man ist. Man ist ja okay. Gibt es bei euch Menschen nicht sogar diesen blödsinnigen Glückwunsch zu Geburtstagen, dass der andere doch bitte so bleiben möge, wie er ist? Schauen Sie sich diesen Satz mal genau an! Der andere soll sich also nicht mehr verändern? Er soll genau dort in seiner Entwicklung stehen bleiben, wo er sich gerade befindet? Ist das nicht eher wie ein Fluch zu bewerten?“

Ich bin verblüfft. So habe ich das noch nie gesehen. Dabei habe ich das anderen auch schon oft gewünscht.

„Sehen Sie“, fährt er ungerührt fort, „in dieser Art müssen Sie all meine Fragen mal so richtig konsequent durchdenken. Verstehen Sie jetzt, was ich meine? Haben Sie begriffen, worum es mir geht?“

„Ich glaub schon. Aber ich denke auch, dass das alles gar nicht so gemeint ist, wie es dahingesagt wird.“

„Da ist sicher was dran. Doch sollte man dann nicht seine Worte etwas sorgfältiger wählen? Was ich sage und denke, wirkt nämlich – auf andere ebenso wie auf mich selbst. Eines Tages könnte ich selbst an das glauben, was ich so dahinrede. Und andere nehmen es unter Umständen ernst, was ich sage. Täten sie es nicht, wäre ich ja sauer. Oder etwa nicht?“

„Sie meinen also, man solle sich genauer ausdrücken?“

„Exakt! Oder etwas salopp formuliert: Wenn ich etwas nicht so meine, wie ich es sage, warum sage ich es dann nicht so, wie ich es meine?“

Und wieder bin ich baff. Doch bevor ich mich erholen kann, fährt er fort: „Zur nächsten Frage: Es heißt doch immer so schön, man solle seine Gefühle und Bedürfnisse nicht unterdrücken, sie anschauen und ernst nehmen. Wie denken Sie darüber?"

„Nun ja, ich finde das ganz in Ordnung. Wo soll daran ein Haken sein?"

„Sind Sie also auch der Meinung, es ist eine Aufforderung, seine Gefühle auszuleben und seine Bedürfnisse um jeden Preis zu befriedigen?"

„Wenn ich das jetzt so höre, wie Sie das sagen, fällt mir auf, dass man es tatsächlich leicht falsch verstehen könnte. Sie haben vielleicht Recht: Etwas nicht zu unterdrücken, sondern anzuschauen und ernst zu nehmen – das muss ja nicht gleich heißen, es so wichtig zu nehmen, dass man sich nur noch damit befassen muss …"

„Sehr gut! Kompliment! Das ist es aber leider, was die meisten Therapeuten den Menschen zu sagen vergessen. Vermutlich glauben sie, das sei doch so selbstverständlich und sonnenklar, dass man es nicht extra zu erwähnen braucht. Viele denken also, seine Gefühle und Bedürfnisse nicht zu unterdrücken, das sei in etwa gleichbedeutend damit, dass man sie unbedingt befriedigen müsse, koste es, was es wolle. Meine Gefühle sind demnach wichtiger als alles andere – vor allem wichtiger als die Gefühle anderer Menschen. Oder so ähnlich. Sie kennen das ja sicher, dass es Menschen gibt, die ständig darauf pochen."

Und ob ich das kenne! Hab doch selbst oft genug schon genauso gedacht und gehandelt. Dabei hat der Kerl völlig Recht: Etwas nicht zu unterdrücken, das heißt doch nur, es nicht zu verleugnen und nicht zu verdrängen, sondern dazu zu stehen. Es geht darum, auch sich selbst gegenüber ehrlich zu sein und mal genau hinzuschauen, gründlich und ernsthaft zu prüfen, was das Gefühl oder das Bedürfnis einem sagen will. Man muss ja nicht gleich alles in die Tat umsetzen! Würde ich jedes Mal, wenn ich das Gefühl habe, jemanden am liebsten verprügeln zu wollen, das dann auch gleich tun, wäre im wahrsten Sinne des Wortes die Hölle los. Und es wäre gewiss nicht in Ordnung! Genauso gut kann ich durchaus wahrnehmen und spüren, dass ich sehr zornig bin und das sogar zugeben, auch mir selbst gegenüber – ohne jemanden das gleich spüren zu lassen. Oder ich kann dazu stehen, scharf auf jemanden zu sein, ohne deshalb gleich mit ihm ins Bett steigen zu müssen, vor allem, wenn ich dabei genau weiß, dass ich meinem oder seinem Partner damit sehr weh täte …

„Genau!“, sagt Gabriel, der Gedankenleser. „Sie haben es exakt erfasst! Und wissen Sie was? Gerade, wenn Sie den Impuls, das Bedürfnis oder den Wunsch absolut nicht sehen wollen und einfach unterdrücken, werden Sie sozusagen durch die Hintertür davon überfallen. Und plötzlich tun Sie etwas, das Sie eigentlich gar nicht wollten – nur weil Sie sich das Bedürfnis schon lange partout nicht eingestanden haben. Das ist es, was leider auch vielen Christen passiert, die sich negativ bewertete Gefühle, Träume, Sehnsüchte und Gedanken nicht eingestehen wollen. Vor allem diesen Buchstabenchristen passiert das häufig, weil sie sich unbedingt unangenehme oder vermeintlich schlechte Gefühle oder Gedanken vom Hals halten wollen, obwohl sie natürlich manchmal auch solche haben ...“

„Was ist denn das nun schon wieder – ein Buchstabenchrist?“

„Na was wohl? Kennen Sie den Begriff nicht? Es sind Leute, die getreu den Buchstaben der Bibel oder irgendeines angeblichen göttlichen Gesetzes ein guter Christ sein wollen – dabei aber vergessen, dass Menschen auch ein Herz und Gefühle haben und nicht aus Buchstaben und Wörtern bestehen, sondern aus Fleisch und Blut, und ebenso schwach wie fehlerhaft sind. Oder sie erkennen und wissen das zwar theoretisch, aber es ist kein lebendiges Wissen, keine Erkenntnis des Herzens."

So schön er das auch ausdrückt, ich kann es in diesem Augenblick nicht schätzen. Stattdessen habe ich etwas zu mosern: „Ach, nun dürfen Menschen auf einmal doch schwach sein? Bisher hatte ich den Eindruck, sie sollten gefälligst perfekt und fehlerfrei sein."

„Wie kommen Sie denn darauf? Ich hab das niemals behauptet. Menschen werden immer schwach sein und Fehler begehen. Sünde und Mensch – das scheint offenbar zusammenzugehören wie Tag und Nacht oder so. Und aus ihrer Sicht ist das auch verzeihlich. Deshalb geht es hier auch nicht darum, dass Menschen perfekt sein sollen, sondern um all die Dinge, bei denen man genau weiß, wie man richtig handeln könnte, es aber trotzdem nicht tut. Wie oft soll ich das noch erklären? Es geht nur darum, dass es nicht gut sein kann, sich wie auf einem Ruhekissen auf dem Wissen um menschliche Schwäche auszuruhen und zu sagen: ‚Seht her, ich bin schwach und voller Fehler, ich kann nicht anders, und es wird auch niemals besser mit mir. So bin ich nun mal, so will ich akzeptiert und geliebt werden. Sogar Gott hat mir durch seinen Sohn meine Sünden verziehen, und deshalb brauche ich mich auch nicht mehr zu ändern!' Das, liebe Frau Engelin, ist Stillstand. Keine Entwicklung mehr, keine Reifung, nur noch Tod. Und ein klarer Sieg für die andere Seite! Mensch zu sein, das befreit doch nicht von der Verantwortung, an sich zu arbeiten und trotz aller Fehler und Schwächen zu versuchen, gut zu werden. Nicht perfekt, aber immer besser! Wozu sonst sollten die Seelen der Menschen durch dieses finstere Tal wandern, das man Erde nennt?"

„Aha? Na gut, das wäre dann ja auch geklärt. Danke! Und die anderen Christen, die nicht buchstabengetreu leben wollen, sind dann …"

„Herzchristen."

„Aber in der Bibel steht nichts …“

„Jetzt kommen Sie mir auch noch damit! Gerade reden wir von Buchstabenchristen, und nun kommen Sie auch als so einer daher! Meine Liebe, die Bibel ist, bei allem gebotenen Respekt, zunächst mal nichts weiter als ein Buch. Und erst in zweiter Linie das Wort Gottes, nicht weniger, aber auch nicht mehr! Sie besteht nun mal aus Wörtern, und Wörter setzen sich zusammen aus – Buchstaben. Nicht wahr?“

„Klar. Ich sagte ja bereits mehrmals, dass ich nicht doof bin. Übrigens hat Peter öfter ziemlich ketzerisch über die Bibel gesprochen. Jesus Christus, so sagte er manchmal, hat ja nicht mal das Wort Gottes gekannt. In den Augen vieler Christen wäre er deshalb wohl ein miserabler Christ! Verstehen Sie diesen Schwachsinn?“

Er beugt sich vor und schaut mich durchdringend an. „Schwachsinn? Denken Sie doch mal nach! Die Bibel in der heute vorliegenden Form gibt es seit etwas mehr als 1500 Jahren. Jesus Christus war aber, wenn ich mich nicht irre, vor etwa 2000 Jahren auf der Erde. Er konnte also einen großen und überaus wichtigen Teil der Bibel weder kennen noch lesen. Er kannte allenfalls ein paar der heute in der Bibel enthaltenen Überlieferungen, die ihr Menschen als das Alte Testament bezeichnet.“

„Peter“, sage ich, plötzlich nachdenklich geworden und von Wehmut ergriffen, „ist sogar noch weiter gegangen. Dabei muss ich betonen, dass er sich durchaus als Christ verstanden hat, wenn auch etwas anders als ich. Doch nie hat er akzeptiert, dass ein von Menschenhand geschriebenes Buch angeblich das Wort Gottes sein soll. Hätte Gott, so hat er immer wieder betont, höchstpersönlich seiner Sekretärin dieses Buch – Buchstabe für Buchstabe und Wort für Wort – diktiert, dann könnte man mit einer gewissen Berechtigung vom Wort Gottes sprechen. Nur dann, so meinte Peter immer, wäre die Bibel wirklich das Wort Gottes.“

„Und wie denken Sie darüber?“

„Um ehrlich zu sein, ich weiß es nicht. Die Zweifel und Bedenken meines Mannes konnte ich schon irgendwie verstehen. Peter hat ja auch erklärt, dass die Texte, die man heute in der Bibel findet, vor über 1500 Jahren willkürlich von einem nicht gerade gottgefälligen Kaiser aus hauptsächlich politischen Gründen ausgewählt worden sind. Ich weiß, ehrlich gesagt, zu wenig darüber. Außerdem gibt es noch viele andere Texte, warf er immer wieder mal ein, die man ebenfalls gut und gerne als das Wort Gottes bezeichnen könnte, die aber nicht in der Bibel stehen, weil sie einigen nicht so recht in den Kram passen oder einfach nicht gefallen.“

„Womit Ihr Mann vielleicht gar nicht mal so Unrecht hatte. Ein kluger Kerl!“

„Na ja, man könnte es auch so sehen, dass die Auswahl der Texte, also die Bibel in ihrer jetzigen Form, irgendwie Gottes Wille war und er sie richtig findet. Und deshalb ist sie schon okay. Oder nicht? Manchmal hat Peter mich übrigens gefragt: ‚Wozu braucht ein wahrer Christ ein Buch, an das er sich klammern kann wie ein kleines Kind, das sich an den Rockzipfel seiner Mutter hängt? Wäre das nicht irgendwie ein armseliger Glaube, der das braucht? Ein wahrer Christ weiß auch ohne ein Buch, was gut ist, er kann jederzeit sogar mit Gott selbst reden.’ Ich glaube dagegen schon, dass alles, was in der Bibel steht, von Gott inspiriert ist, auch wenn es von Menschen geschrieben wurde.“

„Es ist jedenfalls völlig in Ordnung, sich von diesem Buch inspirieren zu lassen. Auch wenn da die eine oder andere Ungereimtheit drinsteht, vieles falsch verstanden oder übersetzt oder sogar absichtlich verfälscht wurde – die Grundaussagen sind kostbar und stets bereichernd. Und sicher ist die Substanz, der Kern dieses großartigen Buches von Gott inspiriert. Oder glauben Sie, dass das, was im Laufe der Jahrhunderte geändert, gestrichen oder verfälscht wurde, dem Kern der Bibel schaden kann? Verstehen Sie mich bitte nicht falsch! Dennoch steht vieles in diesem Buch, zum Beispiel im Alten Testament, das man – auch als guter Christ – getrost mal hinterfragen darf. Ob da wirklich alles von einem Gott der Liebe inspiriert ist oder nicht, muss eigentlich jeden intelligenten, wachen und aufmerksamen Menschen irgendwann mal beschäftigen, wenn er wirklich gläubig ist, denke ich. Wer alles blindlings glaubt und niemals zweifelt, dessen Glaube ist leblos und nur blinder Gehorsam, ja ich würde sogar behaupten, es ist eine Art Aberglaube. Doch es geht hier nicht um meine Meinung, zumal ich mich da nicht einmischen darf. Wie auch immer, das Herz eines Christen und sein Draht zu Gott sollten meines Erachtens höher stehen als irgendwelche Buchstaben, auch wenn sie meinetwegen zu hundert Prozent Gottes Wort sind. Nur verstehe ich nicht so recht, warum ihr Menschen euch nicht manchmal fragt, woher die Chronisten das alles so genau gewusst haben sollen, wo doch Menschen immer fehlerhaft sind?“

„Nun ja, ich weiß nicht …“

„Es gäbe da diese interessante Möglichkeit, die man heutzutage Channeling nennt und gerne in den Bereich des Okkultismus verweist. Gerade Christen lehnen ja diesen angeblich neumodischen esoterischen Kram ab – dabei gibt es all das schon seit Jahrtausenden. Genauso übrigens wie die meisten eine nichtmaterielle, geistige Ebene als Tabu behandeln und nur mit spitzen Fingern anfassen würden. Dabei gibt es diese Ebene, und zwar ohne jeden Zweifel. Also, es wäre doch immerhin eine Erklärung, wäre den Schreiberlingen, aus deren Feder die Bibel stammt, der Inhalt gechannelt worden. Doch dann gälte das möglicherweise auch für alle, die heute noch Botschaften von Gott gechannelt bekommen. Nicht wahr? Diese Botschaften werden aber oft als okkultistisches Teufelswerk abgetan. Wer kann und darf das so ohne weiteres entscheiden? Und da scheint mir etwas nicht stimmig zu sein.“

„Da ist was dran“, muss ich einräumen. „Man müsste fairerweise zugeben, dass so etwas funktioniert, doch dann könnte auch so manches, was heute noch angeblich gechannelt wird, genauso gut als das Wort Gottes bezeichnet werden. Darüber muss ich mal ernsthaft nachdenken.“

Gabriel schlägt mit der Hand auf den Tisch. „Sie sind richtig gut, meine Liebe! Sehr gut gefolgert! Kompliment! Aber lassen wir besser dieses Thema. Sonst überkommt es mich noch – und ich mische mich doch mal wieder etwas zu sehr ein. Bin bereits des Öfteren dafür gerügt worden. Mein Temperament eben ...

Und so hab ich schon oft genug Ärger deswegen gekriegt, wissen Sie.“

Durch diesen Abstecher in meine Vergangenheit, in die alten Diskussionen mit meinem Mann, fühle ich mich an den Verlust durch Peters Tod erinnert – und zudem ziemlich verunsichert. Deshalb bin ich froh, dass wir damit aufhören, habe ich doch bisher die Bibel stets als die alleinige Grundfeste meines Glaubens gesehen. Aber ich frage dennoch: „War das jetzt auch so eine Art Test?“

Er schüttelt den Kopf. „Unsinn! Ich hab einfach mal laut nachgedacht, und im Grunde war das gar nicht für Sie bestimmt. Die meisten sitzen hier wie ein Häufchen Elend, sind unterwürfig und in sich gekehrt. Sie sind so herrlich lebendig, frisch und vor allem aufmüpfig – und da kann ich nicht anders, da komm ich einfach ins Diskutieren. Nehmen Sie meine Anmerkungen also bitte nur als Anregung zum Nachdenken! Aber da fällt mir noch eine Kleinigkeit ein: Ihr Mann hat dann wohl sicher nicht unbedingt zu den Leuten gehört, die steif und fest behaupten, Jesus sei von Gott auf die Welt geschickt worden, um für die Sünden der Menschheit am Kreuz zu sterben?"

„Na ja", sage ich etwas unsicher, weil ich nicht weiß, worauf er hinaus will, „Peter hatte da so seine Zweifel und oft mit mir und anderen diskutiert. Er wurde deswegen häufig angefeindet."

„Typisch! Für wahre Christen sollte jede Frage wertvoll und wichtig sein, auch eine kritische und provozierende. Sie könnten ja die richtigen Antworten darauf geben, wenn sie diese kennen. Und falls sie keine Antwort kennen, ist es erst recht ein Grund, sich diesen Fragen zu stellen, sich damit auseinanderzusetzen, dazuzulernen und noch tiefer nachzudenken – und nicht etwa den Fragesteller anzufeinden!"

„Ja, das finde ich auch. Es ist immer wieder schrecklich, zu erleben, dass gerade Christen oft so intolerant sind und regelrecht Angst vor kritischen Fragen und Auseinandersetzungen haben. Warum eigentlich? Ist ihr Glauben denn so wackelig und unsicher? Peter hat sehr darunter gelitten. Dabei hatte er interessante Gedanken, die man vielleicht wirklich mal prüfen sollte."

„Zum Beispiel?"

„Glaubt ihr wirklich, hat er oft gesagt, Gott wäre nicht in der Lage, den Menschen einfach nur so ihre Sünden zu vergeben, zum Beispiel aus Liebe oder Gnade oder auch nur, weil ihm gerade danach zumute ist? Er wäre ziemlich unfähig und alles andere als ein Gott, wenn er dafür auf den Tod seines Sohnes am Kreuz angewiesen wäre. Mit solchen Aussagen hat er oft den Zorn anderer Christen auf sich gezogen. Was meinen Sie denn dazu?"

Gabriel lächelt. „Eine sehr berechtigte Frage", antwortet er.

*

Nachdenklich blickt Gott auf diese wunderschöne, blaue Kugel, die wie verloren am äußersten Rand einer besonders harmonisch geformten Galaxis durchs All rast. „Was meinst du, Junge“, sagt er, „was soll man bloß mit diesen Menschen machen?“

Sein Sohn zuckt mit den Schultern und schweigt. Der Heilige Geist schwebt hinter ihnen, tippt mal den einen, mal den anderen an und scheint ansonsten abzuwarten.

„Noch mal eine Flut, um sie alle von dieser Welt wegzuspülen und nur ein paar wenige übrig lassen? Und dann von vorn beginnen? Neues Spiel, neues Glück – sozusagen?“

„Ach, Vater! Das hatten wir doch schon besprochen. Kaum war die Flut vorbei, haben die Menschen fröhlich weitergesündigt. Hat doch überhaupt nichts geändert damals.“

Gott nickt versonnen. „Leider. Was also stattdessen?“

„Keine Ahnung. Lass es doch einfach so weiterlaufen wie bisher. So sind sie eben, sie werden es nie lernen. Glaub mir! Irgendwas hast du da wohl falsch gemacht.“

„Du weißt genau, dass ich nichts falsch gemacht habe. Es geht nicht ohne den freien Willen! Und ich kann es auch nicht so weiterlaufen lassen. Die Sünden der Menschen brauchen einen Ausgleich. Sonst geht das Gleichgewicht verloren, und eines Tages gewinnt die Gegenseite. Sie hat jetzt schon gefährlich Oberwasser.“

„Ehrlich, Vater, das hab ich noch nie kapiert. Wenn du schon unbedingt meinst, dieser Schwachsinn sei wichtig, dann vergib ihnen doch ihre Sünden einfach so. Basta! Es ist ohnehin sinnlos, aber dann können sie wieder von vorne anfangen. Es wird sowieso wieder enden wie bisher. Sie sündigen so oder so auf Teufel komm raus.“

„Lass diese blöden Witze!“, knurrt Gott.

„Okay, schon gut. Aber warum musst du sie unbedingt bestrafen?“

„Junge, ich kann mich mit dem Bösen nicht arrangieren oder es mit einem lässigen ‚Schwamm drüber‘ abtun. Dann spiele ich dem Teufel den Ball zu. Und ich werde mich hüten, das zu tun. Er bekommt ihn von den Menschen schon oft genug. Und wenn es so weitergeht, gewinnt er das Spiel womöglich."

„Aber musst du sie unbedingt bestrafen?"

„Nenn es, wie du willst, mein Sohn. Für mich ist es nicht bestrafen, sondern aufräumen! Ordnung schaffen. Einen Neubeginn wagen. Meinetwegen auch ‚ausgleichen'. Wird für das Böse, das die Menschen tun und damit in die Welt tragen, kein Ausgleich geschaffen, dann kippt die Energie. Es nimmt überhand und verdrängt das Licht. Aber es besteht nun mal letztlich alles aus Licht. Das solltest gerade du wissen, und immerhin haben das ja sogar die Quantenphysiker unter den Menschen nach und nach entdeckt. Und wird das Licht total verdrängt, geht eines Tages alles in die Binsen. Willst du das?"

Jesus schüttelt den Kopf und schweigt. Auch er beobachtet diese blaue Kugel und denkt nach, während der Heilige Geist versucht, ihn inspirierend zu umkreisen und dabei immer zappeliger wird.

„Weißt du", sagt der Sohn Gottes schließlich, „seit sie zwischen Gut und Böse unterscheiden können, sind sie vom Bösen weit mehr fasziniert als vom Guten."

Gott nickt und sieht dabei ziemlich deprimiert aus.

„Vielleicht", spricht Jesus ungerührt weiter, „sollten wir das Gute einfach mal besser vermarkten? Ihm ein neues Image verpassen? Es gibt auf der Erde doch Werbeagenturen."

„Da könnte was dran sein, Junge", antwortet Gott. „Ihnen erscheint das Gute wohl langweilig und banal. Irgendwie spießig und uninteressant. Dabei erfordert es viel mehr Mut und Kraft, ja auch Standhaftigkeit und Durchsetzungsvermögen, trotz all des Bösen um einen herum gut zu bleiben. Es ist also viel spannender, gut zu sein. Aber die Menschen denken offensichtlich, Gutes sei nur etwas für Weicheier. Böses scheint für sie aufregender zu sein. Irgendetwas machen wir wohl falsch. Andere sind da raffinierter, wie es aussieht."

„Meine Rede! Vielleicht sollte ich mal runtergehen und den Menschen erzählen, wie sie manches besser machen könnten und wie aufregend und spannend es ist, Gutes zu tun, zu lieben und so weiter?“

„Du meinst wirklich, die wollen was von Liebe und so hören?“

„Klar. Davon haben sie ja entschieden zu wenig. Kein Wunder, wollen sie doch alle geliebt werden, leiden seit ihrer Kindheit unter schwerem Mangel daran. Und wem es selbst an Liebe mangelt, der kann auch nicht so ohne weiteres andere lieben. Und so fehlt es an allen Ecken und Enden auf dieser Welt an Liebe.“

„Ach, Junge, schon so viele Propheten und wahrhaft weise Frauen und Männer haben das längst erkannt und den Menschen immer wieder gesagt …“

„Stimmt. Aber vergiss nicht, Vater, das waren Menschen! Großartige Menschen, gewiss, aber eben nur Menschen! Vielleicht sollte das mal jemand übernehmen, der göttlich ist?“

„Meinst du?“

„Na ja, ich würde da wohl schon etwas cleverer vorgehen als die meisten Menschen. Vielleicht kann ich das alles ja etwas besser rüberbringen?“

„Und du denkst, sie kaufen dir das ab?“

„Ich könnte es doch wenigstens versuchen. Wenn’s schief geht, kannst du die Welt ja immer noch untergehen lassen.“

„Nun ja, wenn du das wirklich probieren willst …“

Sie schweigen eine Weile. Plötzlich wird der Heilige Geist hinter ihnen vollends zappelig und tippt Jesus hektisch auf die Schulter. „Ich hab noch eine verrückte Idee, Vater“, murmelt Jesus daraufhin.

„Lass hören!“

Jesus wirkt auf einmal aufgeregt und spricht begeistert: „Gib mir eine Chance! Ich geh da wirklich mal runter, so richtig als Mensch. Wir suchen uns unter all den Menschen eine nette Mutter aus, die mich körperlich auf die Welt bringt, einen guten Vater, überhaupt eine nette Familie. Und wenn ich erwachsen bin, erzähle ich allen von der Macht der Liebe. Ich tu das dann auf meine Art, unterstreiche es mit ein paar Heilungen und Wundern. Und dann wird das schon klappen. Die Menschen begreifen es, machen eine Kehrtwendung und leben fortan in Liebe und Frieden. Wie wäre das?"

„Nicht schlecht. Aber ich hab dir schon oft gesagt, dass sie das gar nicht hören wollen. Oder wenn, dann hören sie zwar begeistert zu, aber sie setzen es ja doch nicht um. Und wir wissen ja, was die Folgen sind: Ich bin mal wieder der gemeine Gott, der angeblich alle bestrafen will."

„Ist doch so", sagt Jesus grinsend. „Ich sagte ja nur, gib mir die Chance. Sollte ich's vermasseln, kannst du die Menschen ja immer noch für all ihre Sünden büßen lassen. Aber – und jetzt kommt der Gag – wenn ich schon da unten bin, also mitten in der Welt und unter den Menschen, dann bin ich ja selbst Mensch geworden, und du könntest ersatzweise die Strafe auch mir aufbrummen."

Gott blickt seinen Sohn verständnislos an. Dann verzieht er das Gesicht und knurrt: „Nenn es nicht immer Strafe!"

„Jetzt guck nicht so", lacht Jesus. „Ich mag die Menschen nun mal, sie sind im Grunde nicht schlecht. Sie wissen nur nicht, was sie tun und erliegen zu oft dem Reiz des Bösen. Aber insgesamt gesehen sind sie klasse!" Und mit einem breiten Grinsen fügt er hinzu: „Wie sollte es auch anders sein, sie sind ja schließlich von dir gemacht."

„Und wie soll ich dir den Ausgleich ‚aufbrummen', wie du es nennst?"

„Na ja, du lässt mich eben so richtig leiden. Du lädst die gesamte Strafe – äh, den gesamten Ausgleich für alle Menschen nur auf mich. Ich bin stark, ich halte das schon irgendwie aus."

„Es gibt schlimme Dinge auf der Erde, mein Junge."

„Ich weiß, Vater, ich weiß. Man könnte mich auslachen und verspotten, sogar einsperren und umbringen und so weiter."

„Das ist kein Zuckerschlecken! Als Gott kannst du darüber lachen, doch als Mensch umgebracht zu werden, macht keinen Spaß. Du stellst das hier so dar, als wäre das mal ein netter Ausflug, so eine Art Abenteuerurlaub. Und das ist es gewiss nicht."

„Ist mir klar. Aber ich würde das schon irgendwie schaffen. Du könntest natürlich das mit dem Bestrafen auch einfach sein lassen und …"

„Nenn es nicht schon wieder Strafe! Es ist ein Ausgleich, es ist wichtig, damit Licht und Schatten ins Gleichgewicht kommen. Sagt man nicht auf der Erde, wo Licht ist, da ist auch Schatten?"

„Stimmt. Aber das Licht selbst wirft keinen Schatten. Der kommt von all den Dingen, die dem Licht im Weg stehen."

„Mein Junge, das hast du wundervoll gesagt! Und würden die Menschen dem Licht nicht ständig zu viele Dinge in den Weg stellen, käme es auch besser durch. Dann würde es mehr leuchten. Dann wären auch mehr Menschen erleuchtet. Also müssen diese Dinge, das Böse, immer wieder beseitigt werden."

„Und das geht nur durch Strafen?"

„Wie oft soll ich dir das noch erklären? Es muss erledigt werden. Und das, was du Strafe nennst, ist einer der Wege, es zu erledigen. Es ginge auch anders: Die Menschen müssten es nur genügend beachten und anschauen, sich ernsthaft damit befassen und nach Wegen suchen, das Böse nicht mehr zuzulassen. Dann könnte das Licht wieder ungehindert wirken. Aber das wollen sie ja nicht. Und ich hab ihnen nun mal die Freiheit geben müssen, das selbst zu entscheiden, sonst wäre es keine echte, keine wahre Freiheit gewesen, sondern nur ein Marionettentheater."

„Mit dir als Autor und Regisseur – ich weiß. Hast du mir schon oft erzählt. Das ist mir auch klar, Vater, sie müssen diese Freiheit haben, um sich wirklich für das Gute entscheiden zu können. Hätten sie keine Wahl, wäre es auch keine Entscheidung. Nicht wahr?"

„Genau!"

„Aber warum dieser blöde Ausgleich? Kannst du es nicht einfach auch nur so vergeben, zum Beispiel, weil du gerade gute Laune hast?"

„Natürlich könnte ich das. Kein Problem. Aber es wäre nicht erledigt. Der Ausgleich wäre nicht geschaffen worden."

Jesus seufzt. „Ich kapier das wohl nie. Oder?"

Gott schüttelt den Kopf. „Du bist nicht blöd, mein Junge, bist immerhin mein Sohn. Wenn du wirklich Mensch werden willst, kannst du dich ja schon mal mit menschlichem Denken vertraut machen. Deshalb wähle ich ein zutiefst menschliches Beispiel: Stell dir vor, du hast fürchterlichen Streit mit Nachbarn, die dir dauernd Böses tun, obwohl du nur deine Ruhe willst. Andauernd verzeihst du ihnen, weil sie – wie du immer so schön sagst – ja doch nicht wissen, was sie tun. Und weil sie im Grunde ihres Herzens eigentlich gerne gute Menschen wären. Durch schlechte Erfahrungen und mangelnde Liebe wurden sie eben böse. Und du vergibst ihnen jedes Mal aufs Neue. Kannst du mir folgen?"

„Wie du schon völlig zutreffend angemerkt hast, Vater: Ich bin nicht blöd!"

„Gut. Nun hören diese Nachbarn aber nicht auf, dir immer wieder Böses zu tun. Man müsste ihnen also wie kleinen Kindern auf die Finger klopfen, damit sie etwas begreifen."

„Muss man?"

„Natürlich nicht immer. Und bei weitem nicht so oft, wie es viele Eltern tun. Aber erklär mal einem Kleinkind, dass es nicht in eine Steckdose fassen darf. Es wird es niemals begreifen, es vielleicht wieder tun, vermutlich sogar gerade aus dem Grund, weil es das nicht darf. Du kannst die Steckdose verschließen oder so hoch anbringen, dass kein Kleinkind drankommt. Aber manchmal geht das auch erst mal nicht. Und dann kann es hilfreich sein, dem Kind auf die Finger zu klopfen, damit es weiß, dass es nicht gut ist, in Steckdosen zu fassen."

Jesus wiegt den Kopf hin und her. „Ich weiß nicht. Das hast du schon oft auf diese Weise versucht. Und? Hat's geholfen?"

„Leider nicht immer. Aber meistens."

„Na gut. Red weiter!"

„So würden die bösen Nachbarn vielleicht begreifen, dass sie mit dir nicht alles machen können. Und wenn du in manchem auf einer Wiedergutmachung bestehst, dann merken sie vielleicht mit der Zeit, dass es sie etwas kostet, wenn sie Böses tun. Sie müssen für einen Ausgleich sorgen. Verstehst du?"

„Durchaus. Aber wieso ausgerechnet Strafe?"

„Wie oft soll ich noch sagen, dass es keine Strafe ist. Junge, Junge, manchmal stellst du dich ziemlich blöd an! Ist jetzt aber auch egal. Selbst wenn es so wäre, dann ist es eben so! Wie soll jemand begreifen, dass er auf dem falschen Weg ist, wenn du ihm alle Steine beiseite räumst und ihn höchstpersönlich immer wieder auf den rechten Weg führst?"

„Okay, soweit hab ich das verstanden. Aber nun denken wir mal weiter: Du sitzt mit deinem Sohn zusammen und beschließt, dass er, weil er es so lustig findet, zu den Nachbarn gehen soll …"

„Das war deine Idee!"

„Das ist jetzt nicht wichtig, denn ohne deine Zustimmung ginge das nicht, also muss es auch dein Wille sein. Also, dein Sohn geht nun zu den Nachbarn und versucht, sie zur Vernunft zu bringen. Aber die sind zu doof, die kapieren gar nichts. Und sie quälen und foltern deinen Sohn, bringen ihn womöglich auch noch um. Und dann sagst du, er hat das Leid oder die Strafe, die ihnen zukommen sollte, nun auf sich genommen, damit ist die Sache erledigt – und jetzt kannst du ihnen ihr schändliches Tun vergeben, denn du hast ja deinen Sohn für ihre Sünden geopfert. Ist das nicht ein bisschen schräg?"

Gott denkt einen Augenblick lang nach. „Warum bereitet mir menschliches Denken immer Kopfschmerzen? So besehen, ist deine Frage nicht ganz unberechtigt. Kein Mensch wäre derartig bescheuert, so etwas jemals zu tun. Vielleicht eine Mutter, die sich opfert, um das Leben ihres Kindes zu retten. Oder so. Aber das ist ja was anderes. Weißt du, es geht mir auch nicht ums Verzeihen. Ich sagte ja bereits, das könnte ich natürlich einfach auch so, aus Lust und Laune. Dauert nicht mal eine Sekunde in unserer Zeit. Es geht darum, dass du oder besser gesagt dieser Junge dann für den notwendigen Ausgleich gesorgt hat."

„Ach, Vater! Was ist schon notwendig? In deinen Augen? Du bist Gott, hast du das schon vergessen? Aber ehrlich, du warst schon immer etwas abgedreht. Diese Geschichte mit den Opfern hat's dir seit jeher angetan. Du hast ja sogar schon von großartigen und dir treu ergebenen Menschen verlangt, sie sollten ihren eigenen Sohn opfern. So eine Art Prüfung. Das Spiel gefällt dir wohl?"

„Das ist doch die Höhe! Ich hab …"

„Ja, du hast es dir damals in letzter Sekunde anders überlegt. Zum Glück! Das mit diesen Prüfungen kapier ich auch niemals. Wozu sollte ein allmächtiger und allwissender Gott wie du solch einen totalen Unsinn anstellen?"

„Hab ich da eben so was gehört wie totaler Unsinn?"

„Allerdings! Du weißt alles, Vater, wirklich alles. Du kennst auch die Zukunft. Du weißt genau und lange vorher, wie eine Prüfung für einen Menschen endet, ob er sie besteht oder nicht. Wozu sie ihm dann trotzdem auferlegen?"

„Ach, Junge! Du hältst mich offenbar wirklich für total bekloppt. Es geht mir doch nicht um Prüfung, sondern um Wachstum, um Reifung. Es geht darum, etwas Bestimmtes zu lernen. Ist das so schwer zu begreifen? Das ist manchmal hart, okay, aber vieles kann man als Mensch nur durch bestimmte Erfahrungen und Erlebnisse lernen, wie es scheint. Und je mehr einer sich gegen das Lernen sträubt, umso schwerer wird es für ihn, solange kommt es wieder und wieder. Und manchmal braucht einer es eben immer deutlicher."

„Wie meinst du das?"

„Ganz einfach: Sie müssen sich entwickeln, sie müssen lernen, wie ein kleines Kind, das in das Leben hineinwachsen muss. Und dazu muss ich ihnen Aufgaben stellen."

„Wozu denn das? Kannst du ihnen die nötigen Fähigkeiten nicht auch einfach so geben?"

„Junge, wenn's doch nur so einfach wäre! Natürlich könnte ich das. Aber wenn jemand lernen muss, zu verzeihen, sich zu wehren, mutig oder auch mal demütig zu sein – was hat er dann davon, wenn ich ihm das jedes Mal schenke? Nichts. Entwickelt er aber diese Fähigkeiten in sich selbst, ist es viel mehr wert – und er wächst daran. Deshalb handhabe ich es so, dass ich jemandem, der etwas lernen muss, immer wieder aufs Neue die Möglichkeiten dazu biete. Ich schenke den Menschen eine Chance nach der anderen, endlich verzeihen zu lernen, sich zu wehren, mutig oder auch mal demütig zu sein. Aber was machen sie? Sie lassen die meisten Gelegenheiten ungenutzt verstreichen. Also schicke ich die gleichen Aufgaben immer wieder – bis sie es endlich kapieren und lernen."

„Also sind das alles gar keine Prüfungen, sondern Aufgaben?"

„Richtig! Na endlich!", sagt Gott und klopft Jesus begeistert auf die Schulter. „Jetzt kann ich wieder glauben, dass du doch mein Sohn bist"

„Dann hab ich das ja wohl nun endlich begriffen. Danke für deine Geduld, Vater! Wenn ich jetzt also Mensch werde und die da unten nicht für die Idee eines Lebens in Liebe begeistern könnte, dann würdest du alles an Ausgleich, den die Menschen eigentlich bräuchten, auf mich laden?"

„Ich sagte doch schon, es war deine Idee. Zugegeben, sie hat was. Aber ich würde das nie von dir verlangen!"

„Das weiß ich doch. Aber wenn ich es täte, würdest du es auch nicht verhindern, sondern es als Chance nehmen, die Menschen nicht gleich wieder mit einer Flut oder dergleichen bestrafen zu müssen. Stimmt's?"

Gott nickt bedächtig. „Ja, das würde ich wohl."

„Du würdest also deinen Sohn opfern?"

„Schwachsinn! Du wärst nur als Mensch in gewissem Sinne geopfert! Du wirst ja wieder auferstehen und zurückkommen!“

„Okay, das ist wahr. Trotzdem denke ich, das alles wäre auch einfacher zu haben, wenn du nicht so unglaublich stur wärst mit deinem blöden Ausgleich. Gott muss doch wohl in der Lage sein, so etwas auch anders zu regeln. Außerdem hättest du die Menschen ja gleich so erschaffen können, dass sie gar nicht sündigen können.“

„Hab ich doch! Ich weiß gar nicht, was du willst!“

„Ach ja, richtig. Ursprünglich hattest du das ja anders gedacht.“

„Eben! Und ich kann nicht dulden, dass der Teufel das Regiment über mein Werk übernimmt und sich die Erde samt ihren Menschen unter den Nagel reißt! Ist das so schwer zu begreifen?“

Jesus schüttelt den Kopf. „Natürlich nicht. Mir geht es nur um die Methoden. Da müsste jemand wie du auch was anderes finden können. Im Prinzip, Vater, im Prinzip hast du ja irgendwie schon Recht. Aber ich kapiere es wohl trotzdem niemals wirklich. Und wie soll man den Menschen verklickern, was da passiert? Wie sollen die jemals begreifen, was da abläuft?“

„Du fragst mich Sachen! Ich weiß auch nicht. Sie werden mein Denken und meine Wege ohnehin niemals begreifen, dafür reicht ihr Verstand nicht aus. Vielleicht sollte man deshalb gar nichts dazu sagen und es sie selbst rausfinden lassen?“

„Könnte klappen. Aber ich hab da so meine Zweifel dran. Es sei denn, du legst weiterhin Wert auf stupide Mitläufer, die nicht richtig nachdenken. Aber wer nicht auch mal kritisch nachdenkt, kann auch nicht wirklich auf dich vertrauen oder an dich glauben. Nicht wahr?“

„Die Jugend von heute! Na ja, ich war ja auch mal jung …“

„Also gut, lassen wir das. Machen wir einfach Nägel mit Köpfen: Soll ich es versuchen? Entweder sie begreifen endlich, dass ein Leben in Liebe und im Guten besser ist als das, was sie bis jetzt in ihrer Blindheit so anstellen. Oder du lädst alles Leid der Welt auf mich allein. Lass sie mich dann meinetwegen ans Kreuz nageln oder etwas in der Art, bestraf mich mit allem Leid der Welt – aber lass die Menschen in Ruhe. Sie haben dann die Chance, es ein weiteres Mal zu probieren. Und wenn sie in etwa zweitausend Jahren noch immer nicht begriffen haben, wo es langgeht, können wir ja noch mal überlegen, ob ich wieder runter soll oder ob du sie einfach untergehen lässt."

Gott nickt. „Ich denke darüber nach, mein Junge", sagt er und erhebt sich. „Du meinst das also wirklich ernst?"

„Na klar", antwortet Jesus.

Gott blickt seinen Sohn bewundernd an und denkt insgeheim: Ganz der Vater. Und er sagt: „Ich geh mal ein Stück allein spazieren. Muss nachdenken."

Jesus nickt. Der Heilige Geist setzt sich neben ihn. Gemeinsam beobachten sie den Weg der blauen Kugel durch das Universum und hängen ihren Gedanken nach …

Da spricht der Heilige Geist: „Sag mal, Jesus, das ist doch nicht dein Ernst. Oder?"

„Doch, das ist er. Aber ich mach's etwas anders, als der Alte es weiß und gerne hätte. Der mit seinen Sünden und Strafen und so. Diese Zeiten sind doch längst vorbei!"

„Und wie willst du es machen?"

„Ich geh runter und nehme so viel von dem Dunklen und Bösen auf der Erde auf mich, wie es nur geht. Das tun ja andere auch schon. Schamanen auf der ganzen Welt, Propheten und Heilige aller Art, sie saugen die Welt regelrecht frei. Sonst wäre sie längst total verdorben und am Ende. Aber so gut die alle es auch meinen, ich kann da doch noch einiges mehr bewirken. Du wirst es ja erleben, was ich alles mit nur einem einzigen Leben dort unten an Dreck wegschaffe. Und endlich kommt wieder etwas Licht in die Welt, bei dem vielen Schmutz da unten hat das Licht ja kaum noch eine Chance. Hilfst du mir?"

„Na klar, ich werde bei dir sein und dir Kraft geben."

Jesus legt seinen Arm um den Heiligen Geist, zieht ihn an sich und brummt zufrieden: „Schön, einen Freund wie dich zu haben."

Mag es so oder ähnlich gewesen sein? Ich stelle es mir jedenfalls ungefähr so vor, wenn ich mal wieder Christen davon erzählen höre, dass Jesus für sie am Kreuz gestorben sei und alle ihre Sünden auf sich geladen habe. Aber verstehen werde ich das wohl nie. Gut, es mag aus einem bestimmten Blickwinkel eine große Tat sein, seinen Sohn zu opfern, damit man die Sünden anderer vergeben kann. Ich könnte das allerdings auch, ohne dafür gleich meinen Sohn zu opfern – und ich bin weit davon entfernt, ein Gott zu sein. Und vielleicht wäre es eine noch großmütigere und edlere Tat, Sünden zu vergeben, ohne seinen Sohn dafür opfern zu müssen?

Das Argument, das ginge nicht so einfach, habe ich noch nie gelten lassen. Ein allmächtiger Gott kann alles, wenn er nur wirklich will.

Was Jesus möglicherweise, vielleicht sogar mit seinem Tod, getan haben mag, ist nichts anderes als das, was viele Schamanen und auch tibetische Mönche auf der ganzen Welt seit jeher tun – und was sie alle noch heute praktizieren: Durch besonders tiefe Meditation nehmen sie Dunkles, Böses und Negatives aus der Welt. Das kostet sie entsetzlich viel Mut und Kraft, oft ihre Gesundheit – und manchmal sogar das Leben. Dafür gibt es zahlreiche Beispiele. Sie tun es trotzdem, sie opfern sich gewissermaßen dafür, damit so manches Böse neutralisiert wird und die Welt wieder ein bisschen aufatmen kann. Es würde jetzt zu weit führen, wollte ich das ausführlich erklären, außerdem verstehe ich zu wenig davon – aber es funktioniert offenbar. Und dass auch Jesus seinerzeit so etwas getan haben könnte, das kapiere ich. Da hat er sich für das Wohl der Menschheit wahrlich geopfert. Doch dass er sich ans Kreuz hat nageln lassen, um für alle unsere Sünden zu büßen, sie auf sich zu nehmen und für sie zu sterben, das halte ich für undenkbar und unbegreiflich.

An dieser Stelle von Annemaries Bericht spitzte ich jedenfalls die Ohren ganz besonders. Gerade dieses Thema hatte mich auch schon oft beschäftigt. Mit diesem Punkt hatte ich schon immer meine Schwierigkeiten gehabt.

Natürlich ist sogar mir als Nichtchrist bewusst, dass Gottes Denken und Handeln, sollte es ihn denn geben, nie und nimmer mit menschlichen Maßstäben und menschlicher Logik zu erfassen wäre. Das funktioniert nicht mal bei uns verwandten Säugetieren oder beispielsweise einem Außerirdischen, der sich auf die Erde verirrt.

Trotzdem meine ich, dass eine gewisse, sogar für uns Menschen ansatzweise zu erfassende Grundlogik in der Kreuzigung liegen muss, denn sie sollte ja auch eine Botschaft an uns Menschen sein. Wie sollen wir aber eine Botschaft verstehen, die auf einer aus unserer Sicht völlig absurden Logik beruht?

Somit ist das, was Christen da stets zum Tod von Jesus am Kreuz und der dadurch erlangten Vergebung unserer Sünden erzählen, innerhalb ihres geschlossenen Denksystems vielleicht richtig und nachvollziehbar, aber von außen betrachtet dennoch unsinnig.

Ich war gespannt, wie es weitergehen würde. Und Annemarie erzählte weiter.

*

„Ehrlich gesagt, habe ich das auch schon gedacht. Aber weil man auf kritische Fragen meist nur blöde Antworten kriegt, glaubte ich eben, ich sei zu dumm, um das wirklich zu begreifen. Also, wie sehen Sie das, sozusagen als Profi?“

Er grinst. „Typisch für euch Menschen! Niemals bedenkt ihr eine Sache gründlich bis zum Ende! Mehr sage ich jetzt nicht dazu.“

„Schade. Peter hat jedenfalls immer wieder behauptet, was Jesus getan hat, sei viel größer gewesen und wesentlich tiefer gegangen, als es die meisten Menschen mit ihren begrenzten Mitteln jemals erfassen können. Jesus habe bei seinem vermeintlichen Tod tatsächlich viel Böses von der Welt genommen und auf sich geladen, die Welt sozusagen gereinigt und dadurch viel Platz für Licht und Liebe geschaffen. Dafür sei er auf die Welt gekommen, und dafür habe das alles so geschehen müssen, wie es damals gekommen ist. Aber es habe garantiert nichts damit zu tun, dass Gott den Menschen nur dadurch Sünden vergeben könne, dass sein Sohn am Kreuz gestorben sei. Das sei ja lächerlich und außerdem ein naiver, wenn nicht gar alberner Glaube! Ja, das war Peters Meinung.“

„Ich darf also mal klarstellen, dass ihr Menschen einige Dinge, auch Dinge des Glaubens, ziemlich oberflächlich seht und dabei oft mit sehr naiven, wenn nicht gar kindlichen Erklärungen zufrieden seid. Da hätte ich Ihrem Mann sofort beigepflichtet. Ganz anders er selbst: Er hat wahrhaftig tiefer nachzudenken versucht als die meisten! Auch wenn er manchmal danebengelegen haben mag, es ist dennoch wertvoller und gottgefälliger, mal ganz tief und gründlich und sogar sehr kritisch nachzudenken. Kaum einer von euch fragt sich nämlich Folgendes: Wenn ein paar Leute etwas sehr Böses getan haben, kann ich – egal ob ich ein Mensch oder Gott bin – ihnen das unter Umständen verzeihen. Aber muss ich deshalb erst meinen Sohn zu ihnen schicken und von ihnen quälen, demütigen, foltern und umbringen lassen, um ihnen vergeben zu können? Wäre das nicht ziemlich pervers? Also kann es nicht so gewesen sein, es sei denn, ich hielte Gott für einen psychisch kranken Volltrottel und nicht für einen Gott der Liebe. Gott ist viel größer und weiser, als ihr Menschen es erfassen könnt. Ihr Peter hat zumindest das verstanden. Und Sie?“

Ich hebe die Schultern und weiß nicht, was ich antworten soll.

„Also“, fährt Gabriel fort, „denken Sie einfach mal gründlich darüber nach! Wir kehren nun zurück zu den Herzchristen: Im Gegensatz zu den Buchstabenchristen sind sie ehrlich und offen genug, auch scheinbar Negatives bei sich selbst zu spüren, wahrzunehmen und sich aufmerksam anzuschauen. Erst dadurch können Sie auch in Ruhe darüber nachdenken und sich dafür oder dagegen entscheiden! Dieses Unterscheiden ist es übrigens, was Intelligenz ausmacht. Wussten Sie, dass der Begriff Intelligenz genau daher kommt, also von einem lateinischen Wort, das unter anderem ‚unterscheiden’ bedeutet?“

Nein, das wusste ich nicht. Also schüttle ich den Kopf.

„Na ja“, sagt er mit einem Achselzucken. „An diesem Punkt waren wir also abgeschweift, ich hoffe, Sie erinnern sich noch. Und in vielem hätten Sie, Frau Engelin, sehr wahrscheinlich anders gehandelt, wenn Sie das ebenfalls getan hätten! Weil Sie es nicht getan haben, sind Sie plötzlich einem inneren Drängen ausgeliefert gewesen und in Situationen geraten, in welchen Sie manchmal kaum noch anders konnten, als das zu tun, was endlich in Ihnen wahrgenommen werden wollte, was Sie viel zu lange beiseite geschoben, verdrängt und unterdrückt haben. Auch der verrückteste oder perverseste Wunsch deutet auf etwas in Ihnen hin, das zumindest mal gesehen und sozusagen angehört werden will. Diesem Wunsch offen ins Gesicht zu schauen und zu prüfen, was er einem zu sagen hat, ist ungemein wichtig. Ob er nur eine Versuchung ist, eine Art Prüfung, oder ob etwas Unerledigtes in einem schlummert, ob man auf anderen Bereichen nicht mehr lebendig genug ist und deshalb verborgene Sehnsüchte ans Licht drängen oder was auch immer – es einfach nur beiseite zu schieben oder aber sofort auszuleben, das ist jedenfalls auch eine Art von Selbstvergewaltigung.

So meinen das Therapeuten, auch wenn sie meistens vergessen, es genau zu erklären! Und das wäre wahrhaft christlich, auch den geheimsten Sehnsüchten und sonderbarsten Versuchungen ins Gesicht zu blicken und nicht so zu tun, als gäbe es sie nicht!"

Mir fällt es wie Schuppen von den Augen. Wie oft hab ich mich gefragt, warum ich schon wieder etwas getan habe, das ich eigentlich gar nicht wollte. Und Gabriel hat den Nagel auf den Kopf getroffen: Wenn ich ehrlich gewesen wäre, hätte ich den Wunsch, so manches zu tun, längst spüren können, ihn einfach wenigstens mir selbst gegenüber zugeben und dazu stehen können. Ich hätte ihn ja nicht unbedingt gleich verwirklichen müssen, sondern ihn einfach erst nur mal anschauen und prüfen können. So kam es manchmal plötzlich zur ungewollten Verwirklichung bisher unterdrückter Sehnsüchte, weil Verdrängtes sich im wahrsten Sinne des Wortes in den Vordergrund gedrängt hat, auch noch zum möglicherweise falschen Zeitpunkt oder in einer völlig unpassenden Situation. Ohne dass ich es richtig gewollt hätte, sozusagen von hinten durch die Brust ins Auge oder so ähnlich, wie ein Überfall aus heiterem Himmel. Als hätten mich mächtige Gefühle überrollt, denen ich nichts entgegenzusetzen hatte. Hätte ich mich dem Bedürfnis vorher längst gewissermaßen gestellt und ihm einfach mal ins Auge geschaut, wäre vieles vielleicht ganz anders gelaufen! Und eine Menge Mist wäre in meinem Leben gar nicht erst passiert!

Gabriel lächelt. „Es gibt noch ein paar Thesen dieser Art, die kaum einer hinterfragt oder gründlich überdenkt, die man – auch wenn man sie nur halb verstanden hat – gedanken- und kritiklos nachplappert und übernimmt."

Mir fallen plötzlich Schlag auf Schlag solche Thesen ein. Als hätte er sie mir rasch per gedanklicher E-Mail geschickt. Warum ist mir das alles nicht vorher aufgefallen? Genau so hab ich es gemacht, wie er es formuliert hat: Einfach nachgeplappert und nachgemacht, ohne mir auch nur einmal ernsthaft darüber Gedanken zu machen …

- Gefühle und Bedürfnisse wahrzunehmen, sie anzuschauen und zu ihnen zu stehen, das sollte jeder lernen. Doch ist das nicht gleichbedeutend damit, sie auch unbedingt auszuleben! Diesen Punkt hatten Gabriel und ich ja eben ausführlich betrachtet.

- Doch es geht ja noch viel weiter: Sich selbst zu verwirklichen ist wichtig, heißt aber nicht, egoistisch zu sein und nur noch an sich und seine eigenen Bedürfnisse zu denken! Man muss auch anderen ihre Selbstverwirklichung zugestehen und ihnen dabei helfen, auch durch ehrliche Kritik und offenes, aufrichtiges Lob.

- Selbstverständlich ist es nötig, sich selbst zu lieben, sonst kann man seinen Nächsten nicht so lieben wie sich selbst. Aber zuallererst ist es wichtig zu begreifen, dass lieben wichtiger ist als geliebt zu werden. Liebe schenken und nicht ständig danach zu verlangen, geliebt zu werden – das müssen wir lernen. Nur danach zu schreien, dass man geliebt werden will, reicht leider nicht. Würden alle nur nach Liebe suchen, gäbe es keine Liebe mehr unter den Menschen, denn da wäre niemand, der welche gibt! Geben ist gerade hier seliger denn Nehmen!

- Jemanden zu verstehen, seine ganze Geschichte zu kennen und nicht vorschnell zu urteilen, das ist weise. Es bedeutet jedoch keineswegs, dass ich überhaupt keine Meinung mehr haben darf! Und das heißt noch lange nicht, dass ich das Verhalten und die Taten eines Menschen auch gutheißen, voll und ganz verstehen und richtig finden muss! Und es ist überaus wichtig, zwischen einem Menschen und seinen Taten zu unterscheiden. Ich darf selbstverständlich die Äußerungen, Taten und Meinungen eines anderen be- und verurteilen, aber niemals den Menschen an sich. So wie auch ich unterscheiden muss zwischen der Kritik eines anderen an dem, was ich sage und tue – was nämlich noch lange nicht bedeutet, dass ich als Mensch insgesamt kritisiert oder verurteilt werde. Die meisten sehen das anders: Kaum wird eine Kleinigkeit an ihnen kritisiert, fühlen sie sich gleich als Mensch überhaupt abgelehnt, was totaler Blödsinn ist.

- Alles soll heutzutage glatt gebügelt sein und über einen Kamm geschoren werden! Vieles darf man nicht mal mehr beim Namen nennen, nichts und niemanden bewerten oder als das benennen, was es oder sie oder er ist. Sogar ganz einfach nur zwischen Gut und Böse oder Falsch und Richtig zu unterscheiden, scheint geradezu verpönt zu sein. Dabei braucht jeder für sich eine Richtschnur, an welcher er sich orientieren kann. Sie muss ja gar nicht objektiv und absolut korrekt sein, ist aber zunächst einfach mal nützlich für den, der sie hat. Und man kann es drehen und wenden, wie immer man will: Solch eine Richtschnur als Orientierung hat jeder von uns! Wir alle bewerten, beurteilen, heißen gut und verwerfen wieder, Tag für Tag. Das ist notwendig und richtig so. Sogar diejenigen, die gegen das Bewerten wettern, scheuen sich nicht, es als falsch zu „bewerten", wenn jemand etwas bewertet. Und so wird vieles mehr und mehr verwässert. Manche glauben, auch das Böse sei im Grunde gut oder im Falschen könne auch etwas Richtiges sein. Dabei ist es schon immer wichtig gewesen, zwischen Falsch und Richtig, Gut und Böse unterscheiden zu können. Intelligenz heißt – wörtlich übersetzt – nichts anderes als: die Fähigkeit, unterscheiden zu können! Und den Mut dazu zu haben, für sich ganz klar zu entscheiden, was man gut und richtig findet! Auch wenn sich später herausstellen sollte, dass es möglicherweise falsch war.

- Für sich selbst sorgen zu können ist wichtig und wertvoll, muss aber nicht bedeuten, dass ich andere im Stich lasse, weil die ja gefälligst ebenfalls für sich selbst sorgen müssen. Und es bedeutet nicht, dass ich jedes freundlich gemeinte Hilfsangebot mit der Bemerkung „Ich kann sehr gut für mich selbst sorgen!" ablehnen soll – wie ein kleines Kind, das andauernd betonen muss, wie groß es schon ist und was es alles alleine kann. Hilfe annehmen zu können ist auch ein Zeichen von innerer Freiheit und Größe.

- Frei zu sein, sich frei zu fühlen – das ist großartig, aber gewiss nicht das Gleiche wie Bindungsangst und Verantwortungslosigkeit. Es bedeutet keineswegs, in jeder Situation auf das Recht zu pochen, dass man tun und lassen darf, was immer man will, gewissermaßen nach Lust und Laune und ohne jede Rücksicht auf die Gefühle und Grenzen anderer! Es ist auch die Freiheit, sich binden und verpflichten, Rücksicht nehmen und andere achten zu können!

„Gut", sagt Gabriel, „Sie sehen das alles vollkommen richtig. Glückwunsch, meine Liebe! Nun also zum Wesentlichen. Ich erkläre Ihnen jetzt den Test, und dann sehen wir weiter. Sind Sie bereit?"

„Meinetwegen", brumme ich lustlos. Plötzlich würde ich viel lieber über manches nachdenken. Oder mit jemandem reden, nur nicht mit diesem allwissenden Gabriel. Hab das Gefühl, dass ich aus Dummheit, Oberflächlichkeit oder Ahnungslosigkeit so vieles falsch gemacht habe. Irgendwie sehne ich mich auf einmal nach Christopher, würde ihn wahnsinnig gern in den Arm nehmen und ihm sagen, wie lieb ich ihn hab und wie stolz ich auf ihn bin. Und seltsamerweise würde ich mich gerne für so vieles bei Peter entschuldigen. Ausgerechnet bei Peter, mit dem die Ehe vor seinem Tod leider nicht so gut lief, wie es hätte sein können – auch durch mein Verhalten. Ich sehe auf einmal genau, dass er so manche Ecke und Kante hatte, dass er keineswegs fehlerfrei war und ich es oft schwer mit ihm hatte. Aber mir ist mit einem Schlag bewusst, dass er es nicht gerade einfach mit mir gehabt hatte und dass er trotz allem in vielem ein eigentlich guter Kerl war, dass ich oft unnötig kompliziert war und es ihm alles andere als leicht gemacht habe. Warum eigentlich?

Warum machen es die Menschen sich gegenseitig nicht viel öfter leichter statt schwerer? Ist das Leben nicht auch so schon hart genug?

„Wirklich?“, platzt Gabriel mitten in meine Gedanken.

„Wenn ich ehrlich sein soll …“

„Was denn sonst? Selbstverständlich sollen Sie ehrlich sein!“

„Also eigentlich bin ich nicht wirklich bereit für so einen blöden Test! Ich hab noch nicht mal richtig verstanden, wozu dieser Test unbedingt sein muss.“

„Ich weiß. Ihnen geht vieles durch den Kopf. Das ist gut so. Sie können ja aber noch oft genug über alles nachdenken. Wie auch immer der Test verlaufen mag oder wie es dann in der richtigen Zeit weitergeht – nachdenken werden Sie noch in Hülle und Fülle können. Hätten Sie übrigens auch früher oft genug gekonnt, wären Sie nicht so scharf auf Ablenkungen aller Art gewesen. Fernsehen, Partys, Essengehen, Freizeit gestalten, immer was unternehmen, ständig Termine, dauernd unterwegs sein, zu viel Oberflächliches und viel zu oft nur sinnloses Geplapper und so weiter. Sie wissen, was ich meine. Kürzen Sie da ein wenig, und Sie werden staunen, wie viel Zeit Sie auf einmal für sich haben. Seltsam genug, dass so viele Menschen davor Angst haben, mit sich selbst allein zu sein! Dabei ist das so wichtig. Jetzt erläutere ich Ihnen also mal den Test, denn danach werden Sie noch eine ganze Menge mehr Stoff zum Nachdenken haben. Jede Wette! Kann's losgehen?"

„Ich sagte doch schon: meinetwegen."

„Also gut, dann wollen wir mal. Sie bekommen von mir ein kleines Heft. Darin finden Sie einige Geschichten aus dem ganz normalen Alltag verschiedener Menschen, auch aus Ihrem. Vieles davon ist Ihnen schon oft begegnet, anderes noch nicht. Versetzen Sie sich bitte in die handelnden Personen und in die jeweilige Situation und kreuzen Sie an, wie Sie sich entscheiden würden oder welches Verhalten Sie richtig finden."

„Das ist alles?"

„Nein, das Wichtigste kommt erst. Die Erfahrung hat etwas Verblüffendes gezeigt, nämlich dass nahezu alle Menschen, die hier auftauchen, meistens die richtigen Antworten ankreuzen. Bis zu diesem Punkt gibt es keinerlei Probleme. Doch die gleichen Menschen handeln, wie ich weiß, im ganz normalen Alltag meistens – ich betone: meistens! – ganz anders. Ich rede hier also nicht von Fehlern, von gelegentlichem Versagen oder der einen oder anderen Schwäche, sondern von Verhaltensweisen, bei welchen jeder genau weiß, was gut und richtig wäre, es aber regelmäßig anders macht. Sie haben mich verstanden?"

„Klar, kein Problem. Wir haben darüber ja bereits diskutiert."

Er nickt und fährt fort: „Nun ist es Ihre Aufgabe, Frau Engelin, bei jeder Frage mit ein paar wenigen Sätzen zu erläutern, warum Sie hier und heute in dieser Zeitblase so antworten – dabei gehe ich natürlich davon aus, dass auch Sie das Richtige ankreuzen –, aber in der Realität regelmäßig anders handeln. Womit wir so ganz nebenbei schon wieder beim Thema Christsein angelangt wären."

„Ach ja?"

„Natürlich. Die Frage ist, warum jemand überhaupt sündigt."

„Menschen sind eben fehlerhaft. Darüber haben wir nun doch schon klar genug gesprochen, und Sie sollten das eigentlich wissen!"

„Sicher. Aber es geht hier erst mal nicht um die großen Sünden, sondern um etwas anderes: Die meisten Menschen verstoßen ja bereits gegen die einfachsten und alltäglichsten Grundregeln des Zusammenlebens und tun – ohne nachzudenken und ohne Skrupel – Dinge, die sie anderen jederzeit höchstpersönlich verbieten würden. Viele behandeln andere genau so, wie sie selbst auf gar keinen Fall behandelt werden wollen. Ich rede hier noch nicht mal von den zehn Geboten und dergleichen, sondern nur von all den Dingen, die wohl alle Eltern ihren Kindern beizubringen versuchen, ohne sich selbst danach zu richten. Auch all die Eltern, die sich nicht als Christen bezeichnen würden."

„Ich verstehe nicht so ganz …"

„Einfache Beispiele: Eltern erzählen ihren Kindern, dass man nicht lügen dürfe, sie selbst aber lügen ständig ihre Kinder an, sich gegenseitig ebenfalls und Außenstehende sowieso. Und die Kinder kriegen das sehr wohl mit. Und sie lernen, dass man zwar behaupten sollte, Lügen sei falsch, dass man es aber trotzdem fleißig tun muss. Oder ein Vater predigt seinen Kindern die Gefahren des Rauchens und des Alkohols, während er selber raucht und trinkt. Oder eine Mutter, die ihre Tochter bereits mit siebzehn Jahren geboren hat, verbietet ihrer sechzehnjährigen Tochter das Ausgehen mit jungen Männern, und zwar mit der Begründung, dass man so etwas als anständiges Mädchen nun mal nicht tut. Dabei hat sie es selbst ausgiebig getan, sonst hätte sie nicht bereits mit siebzehn eine Tochter geboren. Und so weiter. Klar?“

Ich nicke stumm.

„Wir untersuchen hier nämlich nebenbei, wie es überhaupt dazu kommt, dass so viele Menschen bereits den lächerlichsten Versuchungen nicht widerstehen können, dass sie schon die einfachsten Dinge falsch angehen und bereits bei harmlosen Fragen versagen – und eben sündigen. Sie alle wissen doch genau, was besser wäre. Wenn es schon bei relativ harmlosen Kleinigkeiten nicht funktioniert, wie sollen sich Menschen dann in wichtigen und bedeutenden Dingen jemals richtig verhalten? Verstehen Sie? Und für dieses Fehlverhalten muss es einen Grund geben, einen ziemlich guten sogar, denn so verhalten sich neunundneunzig Prozent aller Menschen! Meist sogar, ohne auch nur einen Gedanken daran zu verschwenden, dass sie vieles falsch machen. Dabei wurde den Menschen von Gott alles gegeben, um auch richtige Entscheidungen treffen zu können.“

„Die Antwort ist doch einfach! Und ich hab’s schon ein paar Mal erwähnt: Wir Menschen sind einfach zu schwach und werden immer sündigen! Ist Christus nicht deshalb am Kreuz gestorben?“

Er fasst sich an den Kopf und lehnt sich zurück. „Frau Engelin, darüber haben wir doch eben gesprochen. Das war alles etwas anders, und prompt fangen Sie wieder damit an.“

Ich werde vermutlich blass und murmle peinlich berührt eine Entschuldigung.

„Schon gut“, antwortet er überraschend milde. „Ich werde ausnahmsweise trotzdem auf Ihr nicht ganz zutreffendes Argument eingehen, weil damit ein paar wichtige Dinge verbunden sind: Ihre Antwort, dass Menschen nun mal schwach sind und immer sündigen werden, genügt mir leider nicht. Erstens ist Christus, um Ihre nicht ganz korrekte Ansicht kurz zu übernehmen, gewiss nicht am Kreuz gestorben, damit die Menschen sich bequem zurücklehnen können, nach dem Motto ‚Mir sind ja bereits alle Sünden vergeben, also brauche ich mich nicht weiter darum zu kümmern, ein gutes Leben zu führen. Klasse, so kann ich mich wichtigeren Dingen widmen.' Christsein ist nun mal keine Lebensversicherung, auch wenn die meisten es so benutzen. Man glaubt, sich als Christ auf der sicheren Seite fühlen zu können, sozusagen für immer ausgesorgt zu haben, wenn man nur brav genug ist. Und das ist Unsinn und hat nichts, aber auch gar nichts mit Christsein zu tun. Zweitens sind Menschen eben nicht von vornherein schwach – wie das eine Prozent beweist, das nicht so handelt, wie vorhin beschrieben."

Ziemlich starker Tobak, finde ich, und etwas viel auf einmal.

Mit einem breiten Grinsen stellt Gabriel lapidar fest: „Stimmt. Also los! Jetzt machen Sie endlich den Test!"

Ich nicke, aber wohl ist mir dabei nicht. Noch immer fehlt mir etwas, noch immer habe ich das unbestimmte Gefühl, dass irgendwas hier nicht stimmen kann.

Und plötzlich, wie aus heiterem Himmel, weiß ich, was das ist.

In diesem Augenblick sieht Gabriel mich auf einmal ganz seltsam an. Und er nickt. „Richtig", sagt er, „da muss ich Ihnen wohl leider Recht geben. Scheint eine Schwäche von mir zu sein."

Irritiert frage ich: „Wie meinen Sie das?"

„Haben Sie es vergessen?", fragt er. „Ich weiß, was Sie denken."

Das hatte ich in der Tat vergessen. Doch diesmal senkt er den Blick und schweigt eine Weile, während ich unsicher warte und bereits befürchte, jetzt einen Fehler begangen zu haben.

Schließlich beginnt er: „Wissen Sie, eigentlich liebe ich die Menschen wirklich. Doch werde ich so unglaublich oft enttäuscht. Und wird man von jemandem enttäuscht, der einem wichtig ist, dann kann man schon mal zynisch werden. Sie kennen das sicher auch?“

Ich nicke verständnisvoll. Und ich wundere mich über den verblüffenden Stimmungswechsel. Plötzlich erscheint es, als habe ich seine Position inne – und er meine.

„Na ja“, fährt er fort, „und so vergesse ich manchmal schon, auch zu zeigen und zu äußern, dass ich die Menschen liebe. Ihnen, Frau Engelin, wäre in diesem Gespräch sicher so mancher tröstliche und aufbauende, mutmachende und liebevolle Satz wichtig gewesen. Ich kann das verstehen. Und ich darf Ihnen versichern, dass ich bei weitem nicht so hart, zynisch und herablassend bin, wie ich auf Sie vielleicht wirke. Aber enttäuscht, das bin ich. Und das gebe ich auch zu.“

„Von mir?“

„Ein bisschen schon. Doch Sie haben mich auch erfreut und berührt. Sie müssen wissen, ich gebe – wie wir alle hier – den Menschen so viele wertvolle Tipps und Hinweise, setze überall auf ihrem Weg Zeichen, helfe hier und da ein bisschen – aber die meisten begreifen es nicht, merken es nicht mal! Oder sie halten das alles nur für Zufall. Okay, ich weiß, so sind sie eben, die Menschen in ihrer Begrenztheit. Trotzdem kommt hin und wieder etwas in mir hoch, was Sie wohl als Ärger bezeichnen würden. Oder als Verbitterung.“

Er blickt mich traurig an und sagt: „Ich sollte wohl etwas liebe- und verständnisvoller sein, nicht wahr?“

Ich nicke und muss schlucken. Er hat es erfasst. Das hat mich die ganze Zeit über gestört, das war es, was mir gefehlt hat, was mir Unbehagen bereitet hat.

„Ich bitte um Entschuldigung“, sagt er mit belegter Stimme. „Ich werde es wieder gutmachen. Okay?“

Und im gleichen Augenblick durchflutet mich eine ungeahnte Wärme. Es ist ein so liebevolles Gefühl, dass ich Mühe habe, nicht in Tränen auszubrechen. So in etwa hatte ich mir eigentlich die Begegnung mit einem Engel vorgestellt, begleitet von einem solchen Gefühl des tiefen Friedens.

Aber Gabriel behauptet ja, er sei gar kein Engel.

Kommentarlos reicht er mir ein schmales Heft und wendet sich seinem Computer zu, als gäbe es nichts Wichtigeres auf der Welt. Mich würdigt er keines Blickes mehr.

Ich weiß ja, was zu tun ist. Also schlage ich das Heft auf und beginne zu lesen. Und schon bei der ersten Frage denke ich, dass das nicht wahr sein darf, dass ich wohl nicht richtig lese. Da steht etwas aus meinem Leben. Und so geht das weiter.

Wie auch immer, ich mache also endlich diesen seltsamen und total verrückten Test, der mich jetzt noch so sehr berührt, dass ich kaum einen klaren Gedanken fassen kann

*

Damit schwieg Annemarie. Ihr Bericht war offenbar beendet.

Ich wusste nicht, was ich dazu sagen sollte und dachte, das Beste wäre wohl, erst mal zu fragen, wie es denn weitergegangen war.

„Wie du siehst“, sagte sie trocken, „sitze ich hier und hatte keinen Unfall. Das kleine Mädchen, sein Hund und seine Oma leben noch. Irgendwie wurde es so gedreht, dass ich wenige Zentimeter vor ihnen zum Stehen kam. Ich habe den Test also offenbar bestanden, wenn man das so nennen kann. Aber seitdem weiß ich, dass mein Leben künftig anders verlaufen wird. Und dass ich bisher total ahnungslos durch die Welt getappt bin – obwohl ich mich doch so klug gefühlt habe. Verstehst du?“

„Nicht so ganz, fürchte ich. Das braucht wohl seine Zeit. Was ist denn nun direkt nach dem Test passiert, als du ihm das Heft ausgefüllt zurückgegeben hast? Was hat er dazu gesagt?“

„Ach, das meinst du. Nichts Besonderes. Ich hab die Fragen beantwortet. Hat nicht allzu lange gedauert, waren auch nicht viele Fragen. Zehn vielleicht. Gabriel hat den Test, so hatte ich den Eindruck, nur rasch überflogen, dann etwas in seinen Computer getippt und genickt.“

„Und dann?“

„Er sagte, alles sei in Ordnung. Er wünsche mir noch viel Glück, und ich solle mein Leben ändern, künftig einiges anders handhaben. An das Gespräch mit ihm werde ich mich nicht erinnern, auch nicht an ihn und den Test. Das alles lösche man in solchen Fällen, wenn der Mensch die Zeitblase verlasse. Aber man habe immerhin sein Leben lang so etwas wie eine Ahnung davon, dass etwas Ungewöhnliches mit einem geschehen sei. Doch könne man sich das niemals wirklich erklären und halte es letztendlich für Spinnerei. Davon solle ich mich jedoch nicht beirren lassen.

Als er sich verabschieden wollte, fiel mir plötzlich etwas ein: Ob ich ein Exemplar von dem Test mitnehmen dürfe.

Er dachte einen Augenblick lang nach und meinte dann, warum eigentlich nicht? Gar keine schlechte Idee. Es wäre vielleicht sogar gut, wenn ein paar andere Menschen ihn zumindest mal lesen und sich darüber Gedanken machen würden. Ich müsse ja nicht jedem gleich die Umstände auf die Nase binden, unter denen ich zu diesem Test gekommen sei, damit würde ich mich bei den meisten ohnehin lächerlich machen. Und es wäre weder in meinem noch in seinem Interesse, wenn man mich künftig als Verrückte behandeln würde. Aber, fügte er dann mit ernster Miene hinzu, falls die Mitnahme des Heftes klappen solle, könne ich mich möglicherweise, bruchstückhaft, an unsere Begegnung erinnern. Eine Löschung in meinem Gedächtnis könne dann eventuell nicht hundertprozentig funktionieren.

Das mache nichts, antwortete ich. Er grinste und drückte mir ein Exemplar von dem Test in die Hand.

Also gut, sagte er, falls es jedoch nicht klappe, würde ich mich sehr wahrscheinlich an gar nichts erinnern. Dann werde es auch dieses Heft mit dem Test nicht geben, es existiere dann für mich einfach nicht mehr. So etwas sei noch niemals versucht worden, er wisse also nicht, was dann genau passiere. Aber er hoffe mal das Beste und wünsche mir viel Glück.

Ob er nun doch so was wie ein Engel sei, fragte ich, doch er grinste mich noch mal so richtig frech an.

Und was ist denn jetzt mit dem Unfall, der wahrscheinlich gleich verursacht wird, wollte ich noch fragen. Doch plötzlich saß ich wieder im Auto, und die Bremsen quietschten wie verrückt."

„Und was war mit dem Mädchen und der alten Frau?"

„Total verrückt! Ich komme auf dem Zebrastreifen zum Stehen. Das Kind und die alte Frau, beide kreideweiß im Gesicht, schauen mich erst entsetzt, dann aber erleichtert an. Sogar der Hund wirkt auf mich, als wisse er, dass er gerade noch mal davongekommen ist. Ich kurble das Fenster runter und entschuldige mich in aller Form.

Na ja, sagt die alte Frau, ist ja noch mal gut gegangen. Und sie ringt sich mühevoll so etwas wie ein Lächeln ab. Ich hätte jetzt eine Schimpftirade erwartet, aber sie sagt nur: ‚Wir machen doch alle Fehler, nicht wahr? Bitte passen Sie in Zukunft besser auf.' Frag nicht, was ich in diesem Augenblick empfunden habe. Jedenfalls bin ich heilfroh, dass nichts passiert ist. Es wäre furchtbar gewesen, auch für mich. Ich mag mir gar nicht vorstellen, wie ich mich jetzt fühlen würde, hätte ich die beiden wirklich angefahren oder gar umgebracht."

Ich sah Annemarie nachdenklich an und nickte. „Ich verstehe dich gut", sagte ich leise. „Hattest du dich deshalb eingeschlossen? Und wolltest du deshalb nicht mal mit deinem Sohn reden?"

Sie schüttelte den Kopf. „Nicht nur. Doch das hat mich natürlich auch umgetrieben. Ich hätte ihm nicht mal in die Augen sehen können."

Und dann wollte ich wissen, wie sie nun über all das denke, was sie da über Jesus und Christentum, über Therapie und die Welt, die Menschen und überhaupt erfahren habe, was sie denn nun mit diesen neuen Gedanken anfange.

„Lass mir Zeit. Darüber muss ich noch nachdenken. Das wird bestimmt lange in mir arbeiten und nachwirken. Aber ich bin froh, vieles mal aus einem anderen Blickwinkel betrachten zu können, was ich ohne dieses Erlebnis wohl niemals getan hätte. Und du? Wie denkst du darüber?"

Ich hob die Schultern und antwortete: „Keine Ahnung." Dann stand ich auf und trat ans Fenster. Draußen war bereits abzusehen, dass sich die Nacht dem Ende zuneigte, die ersten Spuren der aufkommenden Dämmerung zeigten sich. Im Fenster spiegelte sich der Raum hinter mir, und ich konnte sehen, wie Annemarie versonnen mit dem Wachs der Kerze spielte, die auf dem Küchentisch stand und fast heruntergebrannt war. Ich wusste wirklich nicht, was ich von all dem halten sollte.

„Du glaubst mir nicht", stellte Annemarie hinter mir fest. „Nicht wahr?"

Ich wandte mich um und sah sie schweigend an.

„Na ja“, sagte sie, „ich würde es mir vermutlich selbst nicht glauben, hätte ich es nicht tatsächlich genau so erlebt.“

Langsam trat ich zurück an den Tisch und versuchte ein Lächeln. Ich griff zu meiner Tasse, trank den letzten Schluck Tee, der inzwischen kalt war, und sagte: „Ich will dir ja nicht zu nahe treten, Annemarie, aber es fällt mir in der Tat schwer, dir diese Geschichte zu glauben. Du erzählst mir hier doch hoffentlich keine Märchen. Oder?“

Sie sah mich an, als würde sie mich am liebsten an die Wand klatschen. Dann atmete sie ein paar Mal tief ein und aus und meinte: „Ich weiß sehr wohl, dass diese Geschichte kaum zu glauben und nur schwer zu verstehen ist. Und ich bin dir nicht böse, wenn du mir nicht glaubst. Aber du solltest mich gut genug kennen, um zu wissen, dass ich mit derartigen Dingen keine Scherze mache! Was bin ich froh, dass ich mir von Gabriel dieses Heft habe schenken lassen. Ist natürlich kein absoluter und unumstößlicher Beweis, aber immerhin …“

Ich nickte nachdenklich und betrachtete versonnen das kleine Heft, das irgendwie verloren auf dem Tisch lag und dennoch eine solch immense Bedeutung hatte. Nach einer Weile fragte ich: „Darf ich?“

„Ich bitte darum“, sagte sie. „Nimm es mit! Lies es durch! Teste dich am besten mal selbst. Und gib das Heft weiter. Ich weiß jetzt, dass diese Fragen einigen die Augen öffnen könnten, wenn diejenigen es zulassen. Es gibt nichts Besseres, als diese bescheuerten Fragen zu verbreiten und von möglichst vielen Menschen lesen und beantworten zu lassen. Gabriel hat wohl schon Recht. Mich hat es jedenfalls verändert.“

„Was? Gabriel, das Gespräch mit ihm oder der Test?“

Zum ersten Mal, seit ich heute Nacht bei ihr saß, lächelte sie. „Gute Frage!“, sagte sie. „Es war wohl alles zusammen, nicht nur diese Fragen und das Nachdenken über eine Antwort.“ Dann erhob sie sich. „Danke, dass du mir zugehört hast. Tobias, du bist ein wundervoller Mensch und ein großartiger Freund. Und ich hoffe, du hältst mich jetzt nicht für total übergeschnappt oder völlig abgedreht. Wie du dir sicher vorstellen kannst, bin ich nach alledem sehr müde. Nimm das Heft mit und mach damit, was du willst. Wir können gerne in ein paar Tagen darüber reden. Ich muss erst mal schlafen und eine Menge verdauen."

Ich räusperte mich und sagte: „Glaub mir, das muss ich ebenfalls. Du hast mir einiges erzählt, das mich noch lange beschäftigen wird, egal ob es nun wahr ist oder nicht. Aber ich muss zugeben, dass ich dir glaube. Auch wenn ich noch viele Fragen habe. Vielen Dank jedenfalls für dein Vertrauen. Hoffentlich konnte ich dir durch mein Zuhören ein wenig helfen."

„Und wie", sagte sie leise. „Es gibt so wenige, die einfach mal nur zuhören. Ich danke dir von Herzen dafür!"

Ich nickte. „Schon gut. Ich halte dich übrigens nicht für verrückt." Und ich konnte nicht anders, ich musste noch grinsend hinzufügen: „Zumindest noch nicht."

Sie lächelte ein zweites Mal. Und zwinkerte mir verschwörerisch und irgendwie verschmitzt zu. „Danke!", sagte sie leise.

Also nahm ich das Heft und verabschiedete mich endgültig. Und selbstverständlich beschloss ich, diesen Test auf jeden Fall zu machen, was er auch immer für mich bereithalten mochte.

Natürlich konnte ich in dieser Nacht nicht schlafen. Ein paar Mal betrachtete ich das schmale Heft misstrauisch, doch noch hatte ich nicht den Mut, darin zu lesen.

*

Erst am nächsten Abend fühlte ich mich stark genug. Ich setzte mich in meinen Sessel, in diesen wunderschönen und alten neben meinem Schreibtisch. Eine Tasse Kaffee neben mir und einen Füller bereitgelegt, nahm ich das Heft zur Hand und begann zu lesen, um die Fragen zu beantworten.

Genauer gesagt, ich wollte beginnen.

Verblüfft bemerkte ich, als ich das Heft durchblätterte, dass alle Seiten absolut leer waren. Da standen keine Fragen, da gab es keinen Test!

Ich habe mich lange nicht beruhigen können. Eigentlich wollte ich auf der Stelle Annemarie anrufen. Doch dann überlegte ich es mir anders. Ich wäre in diesem Moment sicher nicht sehr höflich zu ihr gewesen, hätte sie womöglich ungerecht und sehr schroff behandelt, so empört wie ich gerade war.

Einen weiteren Tag wartete ich. Immer wieder nahm ich den angeblichen Test in die Hand, aber es blieb dabei. Da stand nichts. Es war einfach nur ein leeres Heft, das aussah wie ein schmales Notizbuch, fast wie ein altmodisches Schulheft.

Das hätte ich Annemarie nicht zugetraut. Und ich zermarterte mir das Hirn, was mit der Frau auf einmal los war. Nun lag es ja eindeutig auf der Hand, dass sie mir Unsinn erzählt hatte. Sicher, wer ernsthaft glaubt, so etwas erlebt zu haben, mag ziemlich durcheinander sein. Aber warum glaubt jemand solchen Blödsinn? Halluzinationen? Eine Vision? Und warum drückt sie mir ein leeres Heft in die Hand, um etwas zu „beweisen", was gar nicht geschehen war? Was bezweckt sie damit?

Ob sie psychisch krank sein könnte, fragte ich mich. Ein Besuch beim Arzt oder Psychiater wäre vielleicht angebracht. Doch wäre es auf jeden Fall falsch gewesen, sie sofort mit dem zu konfrontieren, was da wohl geschehen war. Zumal ich in dem Moment auch noch wütend, voller Zorn und Enttäuschung war! Ich war also zum Glück vernünftig genug, einen Tag vergehen zu lassen.

Heute habe ich sie nun angerufen. Vor etwa einer Stunde. Und jetzt sitze ich hier – und bin völlig fertig.

*

„Wie geht's dir denn?“, fragte ich, als sie vorhin am Telefon war.

„Bin immer noch verwirrt“, antwortete sie. „Aber auch dankbar.“

„Sag mal, dieser Gabriel, wer war das nun eigentlich?“

„Wie meinst du das?“

„Na, ich will nur wissen, was er wirklich war.“

„Keine Ahnung. Vielleicht tatsächlich nur eine Art Engel, der mir mal so richtig Feuer unterm Hintern machen sollte. Das ist ihm ja auch gelungen. Ich fühle seitdem wahrlich mehr Feuer in mir.“

„Unterm Hintern?“

Sie lachte. „Da ehrlich gesagt weniger. Mehr im Herzen. Es ist faszinierend. Man könnte es glatt Engelsfeuer nennen.“

„Schöne Bezeichnung! Trotzdem wüsste ich zu gerne, wer er wirklich war.“

„Ich auch, Tobias, ich auch. Aber das werden wir wohl nie erfahren.“

„Ja, das ist zu befürchten.“

„Wie ist es dir denn mit dem Test ergangen?“, fragte sie unvermittelt.

„Tja, deswegen rufe ich an. Sag mal, hast du jemals in dieses Heft geschaut?“

„Was soll die blöde Frage? Klar hab ich das. Ich hab doch die Fragen beantwortet, meine Antworten stehen auch noch drin.“

„Und wann hast du das letzte Mal darin geblättert? Bei diesem Gabriel oder als du schon wieder zu Hause warst?“

„Was hast du denn? Wozu diese Fragen? Natürlich hab ich noch ein paar Mal die Fragen und Antworten durchgelesen, als ich mich im Schlafzimmer eingeschlossen hatte. Warum?“

„Na ja, es gibt keinen Test.“

„Wie bitte? Du hast ihn doch aber mitgenommen! Ich erinnere mich genau …“

„Allerdings. Aber das ist nur ein leeres Heft. Da steht einfach gar nichts drin. Absolut nichts!“

Schweigen am anderen Ende der Leitung.

„Annemarie! Bist du noch dran?“

„Klar“, sagte sie endlich. Und ich konnte ihr schweres Schlucken und ihr aufgeregtes Atmen durchs Telefon wahrnehmen. „Glaub mir, Tobias, als ich im Schlafzimmer war und Christopher dich angerufen hat, hab ich es ein paar Mal kurz durchgeblättert. Flüchtig, aber genug, um eindeutig zu sehen, dass es haargenau die Fragen waren, die ich beantwortet habe. Sogar meine Antworten standen noch klar und deutlich dabei. Du hättest sie finden müssen und deine dazuschreiben können, es war genug Platz dafür. Was hast du mit dem Heft gemacht?“

„Nichts, natürlich.“

„Ich versteh das einfach nicht. Und jetzt?“

„Na ja, so gerne ich auch würde, ich kann den Test leider nicht machen“, sagte ich. „Und ehrlich gesagt, fällt es mir jetzt noch etwas schwerer als bisher, die ganze Geschichte zu glauben. Leider habe ich vergessen, gleich bei dir einen Blick in das Heft zu werfen. Aber vermutlich war es da ja bereits leer. Was auch sonst?“ Und dann, mit Mühe meine Stimme möglichst ruhig und neutral haltend, fügte ich hinzu: „Könnte es sein, dass du dir das alles nur eingebildet hast?“

Stille am anderen Ende der Leitung.

Auch als ich fragte, ob sie noch dran sei, kam keine Reaktion.

„Soll ich rasch mal bei dir vorbeikommen?“, fragte ich nach einer Weile, die mir wie eine Ewigkeit vorkam. „Geht es dir gut? Alles okay?“

Endlich ein Räuspern. „Schon gut, Tobias! Ich bin nur etwas durcheinander und muss mich erst fassen. Sag mal, kann man sich so etwas wirklich einbilden?“

„Ich denke schon. Unsere Psyche spielt uns öfters einen Streich, und es gibt sonderbare Krankheiten. Du brauchst

Hilfe, Annemarie. Soll ich nicht doch lieber bei dir vorbeischauen?"

Mit überraschend fester Stimme sagte sie: „Ich brauche keine Hilfe. Ich bin gesund. Und wenn ich es mir wirklich eingebildet habe und das Heft tatsächlich leer ist, dann ist genau das die Hilfe, die ich brauche."

Oh je, dachte ich, jetzt dreht sie wirklich ab. Ich verstand kein Wort und hatte den Eindruck, dass sie jetzt auch noch beginnt, wirr zu reden. Ich überlegte, wen ich am besten anrufen könnte, um ihr zu helfen. Und ich griff nach dem Telefonbuch, um die Seiten mit den Psychiatern aufzuschlagen.

„Gabriel hat ja gesagt", fuhr sie unbeirrt fort, „dass es nicht ganz klappen könnte. Und dass man mich eventuell für bescheuert halten würde. Doch ich hatte irgendwie nicht damit gerechnet. Okay, nun wird mir keiner glauben. Aber ich weiß, Tobias, ich weiß ganz genau, was ich erlebt habe und was nicht. Und diese Geschichte, wie verrückt du sie auch findest, sie ist realer und wichtiger als alles, was ich in meinem Leben bisher erlebt habe."

Das klang vernünftig. Also klappte ich das Telefonbuch erst mal wieder zu.

„Würde es dir helfen", fragte Annemarie, „wenn ich dir von dem Test erzähle?"

„Interessieren würde es mich schon. Ob die Situation dadurch besser wird, weiß ich nicht. Ich mach mir nämlich wirklich Sorgen um dich …"

„Blödsinn! Mir ging es niemals besser als jetzt", sagte sie energisch und sehr bestimmt. „Ich weiß, wo ich stehe und was ich will, und ich wurde in meinem Glauben so sehr bestärkt und gefestigt, dass es schon wie ein Wunder ist. Überhaupt – die ganze Geschichte ist für mich ein Wunder! Mir hätte gar nichts Besseres passieren können."

Was sollte ich dazu schon sagen? Ob das nun Einbildung war oder Wirklichkeit, ihr ging es damit scheinbar bestens. Also ließ ich es dabei bewenden.

Ich versuchte, mich zu entspannen und sagte: „Also gut, dann erzähl mir mal, was da für Fragen drinstanden.“

„Ich kann mich nicht an alle erinnern, aber zwei oder drei werde ich schon noch zusammenkriegen. Würde dir das genügen?“

„Klar. Ich hätte ja nur gerne ein paar Beispiele, um mir besser vorstellen zu können, um was es da eigentlich ging.“

Dann berichtete sie von der ersten Frage, an die sie sich noch erinnern konnte. Ich hatte, das muss ich ehrlich zugeben, alles Mögliche oder auch gar nichts erwartet, aber das nun wirklich nicht: „Also, ich sollte mir zum Beispiel vorstellen, ich sei Sachbearbeiterin bei einer Versicherung und hätte folgendes Problem: Ein Versicherter hat bei einem schweren Unglück, für das er absolut nichts konnte, seine Frau und seine beiden Kinder verloren. Er selbst hat sich bei dem verzweifelten Versuch, seine Familie zu retten, schwere Verletzungen zugezogen. Nun, nach mehreren Monaten in einer Klinik, steht der Mann in jeglicher Hinsicht mit leeren Händen da. Und meine Vorschriften lauten, mit allen Mitteln zu versuchen, eine Auszahlung der fälligen Beträge zu verhindern oder sie zumindest so lange wie irgend möglich hinauszuzögern. Und dann kam die Frage: Wie verhalten Sie sich, wenn Ihr Vorgesetzter das in einem Gespräch ausdrücklich von Ihnen fordert?“

„Keine leichte Frage“, sagte ich. „Und verrätst du mir auch, wie du geantwortet hast?“

Sie berichtete noch von weiteren Fragen und erzählte von ihren Antworten. Es ging einmal darum, wie sie sich verhalten würde, hätte sie die Chance, ihren Partner wahrscheinlich unentdeckt in einer sehr reizvollen Situation zu betrügen. Und dann noch darum, wie sie in folgender Situation vorgehen würde: Als Mitarbeiterin einer Krankenkasse habe sie zu entscheiden, ob ein eigentlich von ihrer Kasse nicht genehmigtes, aber nachweislich wirksames Heilmittel ausnahmsweise bezahlt werde. Jemand habe es beantragt, der es sich nur mit Unterstützung der Kasse leisten könne. Ohne das Mittel würde er vermutlich für immer krank sein.

Schließlich, so erzählte sie stockend, sei ihr noch eine seltsame Frage im Gedächtnis geblieben, die sie nach wie vor nicht wirklich verstehe. Sie solle entscheiden, was zu tun wäre, wenn sie sehr viel Geld fände, das eindeutig von einem extrem reichen Menschen stamme: Ob sie es behalten, ihm zurückgeben oder an ihr bekannte, arme und Not leidende Menschen verschenken würde. Sie hatte geantwortet, dass sie einen kleinen Teil für sich behalten, aber den größten Teil an entsprechende Leute verschenken würde. Ich fand, sie hatte die meines Erachtens richtige Antwort gegeben. Ebenso auf die anderen Fragen. Vermutlich hätte ich das Gleiche geantwortet. Und das sagte ich ihr denn auch.

Aber aus irgendeinem Grund kamen mir die Beispiele einfach zu realistisch vor. Oder zu lapidar, zu klischeehaft. Von einem Engel – oder was dieser Gabriel auch immer gewesen sein mochte – hätte ich schon etwas andere Fragen erwartet. Nicht etwa Themen zum Beispiel aus der Arbeitswelt. Aber das mag vielleicht nur meine menschliche Sichtweise sein. Gott, wenn es denn einen gibt, ‚sieht' sicher vieles anders als ein Mensch und ‚denkt' völlig anders, kann deshalb auch niemals mit menschlichen Maßstäben gemessen werden. Folglich werde ich ihn niemals verstehen können. Und so besehen mag diese Figur aus Annemaries Traum oder Vision anderes für wichtiger halten als ich. So weit konnte sogar ich als einer denken, der kein Christ ist und Annemaries Erzählung für Mumpitz hielt. Und so sagte ich, dass es mir noch immer schwerfalle, ihr zu glauben, trotz ihrer Schilderung der Fragen.

„Warum, Tobias? Warum glaubst du mir nicht einfach? Müssen es denn immer Beweise sein? Vertraust du so wenig? Okay, das Heft ist leer, aber du könntest mir einfach mal glauben, dass darin noch viele Fragen und meine Antworten standen, als ich es mitgenommen habe und wieder zu Hause war." Diese Aussage von Annemarie geht mir seitdem nicht mehr aus dem Kopf.

*

Ganz ehrlich: Was hätten Sie jetzt an meiner Stelle gedacht und getan?

Und – wie hätten Sie auf diese Fragen geantwortet?

Eigene Notizen und Gedanken

Und so saß ich nun hier und hatte wieder dieses seltsame Gefühl, dass alles um mich herum nur ein Traum ist, ein unbegreiflicher Traum. Das ganze Leben kam mir auf einmal so unwirklich vor, so als sei die richtige Wirklichkeit woanders. Und demnächst könne ich aufwachen und merken, dass das wahre Leben tatsächlich gar nicht hier stattfindet, dass ich nur träume oder eine Figur bin in einem Spiel, ein Schauspieler in einem Stück oder ein Bild in cinem Traum.

In den letzten Jahren hatte ich oft schon dieses Gefühl gehabt und mir immer wieder mal überlegt, ob ich nicht einfach nur eine virtuelle Figur bin, vielleicht in einem Computerspiel, das sich Leben nennt und das tatsächlich von einem Gott gespielt wird …

Kein schönes Gefühl.

Ach, irgendwie spürte ich plötzlich eine entsetzliche Leere in mir. Ohne es genau erklären zu können, fühlte ich mich, als könne ich jeden Augenblick losheulen. Und ich wusste nicht mal, warum.

Gedankenverloren griff ich zu dem Heft, wollte es noch einmal durchblättern, in der naiven Hoffnung, jetzt könnte plötzlich doch etwas drinstehen.

Mir stockte der Atem.

Da stand tatsächlich etwas!

Auf der ersten Seite.

Hatte ich das vorher die ganze Zeit übersehen? Hatte ich die allererste Seite einfach immer überblättert? Könnte ja sein …

Allerdings stand da etwas, das mich wie ein Schlag in die Magengrube traf:

Suchst du noch?
Etwa nach Beweisen?
Oder glaubst du schon?

Lächerlich! Was für eine alberne Anbiederung an einen bekannten Werbespruch! Ich hatte mir von diesem Heft schon tiefer gehende Weisheiten versprochen und keine Sprüche, die sich an irgendeiner Werbung orientieren.

Enttäuscht blätterte ich weiter, ohne etwas Bestimmtes zu erwarten. Und ein Blitz durchfuhr mich:

Möchtest du glauben und vertrauen?
Oder willst du Beweise?
Wer nach Beweisen sucht, glaubt nicht.
Glaubst du, brauchst du keine Beweise.
Du bekommst sie einfach.
Tag für Tag.

Und nun?

Wütend, verwirrt und total verstört knallte ich das Heft auf den Tisch. Was hatte es mit diesem verdammten Ding nur auf sich? Konnte ein kleines, unscheinbares Heft erst Annemarie und dann mich verrückt machen? Oder war an ihrer Geschichte doch etwas dran? Hatte das Heft mit diesem angeblichen Test übernatürliche Kräfte? Und überhaupt …

Ich erhob mich, ging auf und ab. Angel sprang auf, hoffte wohl noch immer auf einen Spaziergang. Ich streichelte dem Kerl liebevoll über den Kopf und erklärte ihm, dass ich jetzt nicht mit ihm laufen werde.

Er blickte mich aus seinen treuen Augen an, als wüsste er genau, was gerade mit mir los war. Also setzte ich mich, er legte seinen Kopf auf meine Knie und sah mich unverwandt an. Und ich erzählte ihm von meinen widersprüchlichen Gefühlen, von meinen chaotischen Gedanken und all den Fragen, die plötzlich wie Feuer in mir brannten.

Verrückt, nicht wahr? Da sitzt ein erwachsener Mann und erzählt seinem Hund etwas, das dieser garantiert nicht verstehen kann.

Aber Angel hörte einfach nur zu und sah mich dabei an, als würde er wirklich begreifen, was ich ihm erzählte.

Vielleicht unterschätzen wir Tiere ja? Vielleicht spüren und kapieren sie weit mehr, als wir mit unseren Scheuklappen für möglich halten? In diesem Augenblick hätte ich schwören können, dass dieser wundervolle Hund namens Angel mich wirklich und wahrhaftig verstand.

Irgendwann seufzte er tief und legte sich wieder zu meinen Füßen. Ich nahm noch einmal das Heft zur Hand, um diesen Text ein weiteres Mal genau zu lesen.

Und das Heft war leer. Was ich auf der ersten Seite gelesen hatte, stand da nicht.

Oder nicht mehr.

*

Das Gewitter hat sich inzwischen offenbar ausgetobt. Sogar der Regen hat aufgehört. Jericho scheint friedlich zu schlafen. Angel hat sich ebenfalls aufs Ohr gelegt.

Ich trete ans Fenster und öffne es weit. Tief atme ich die vom Gewitter und Regen gereinigte Luft ein, die meine Lunge erfrischend füllt. Und ich hoffe, nun endlich einen klaren Kopf zu bekommen, damit ich das Gespräch mit Annemarie einordnen kann. Unbewusst, ohne erklären zu können, warum mir das gerade jetzt einfällt, denke ich, dass man früher oft in solchen Situationen die Götter um ein Zeichen gebeten hat, um einen Hinweis. Aber ich wische diese Gedanken gleich wieder beiseite. Ich glaube nicht an derartigen Unsinn.

Kurz darauf tanzt auf einmal ein berückend schöner Schmetterling aus dem Dunkel ins Licht, direkt in das Zimmer. Fassungslos starre ich ihn an. Ein Schmetterling! Mitten in der Nacht! Schmetterlinge fliegen meines Wissens nachts nicht. Und dieser hier sieht aus, als komme er aus einer anderen Welt. Es kann unmöglich eine heimische Art sein.

Ein paar Sekunden lang flattert er im Zimmer umher, kommt wieder zurück zu mir ans Fenster – und setzt sich auf meine linke Schulter. Ich spüre ihn, als sei es kein Schmetterling, sondern die Hand eines Menschen, die sich freundschaftlich auf meine Schulter legt.

Ob Sie es glauben oder nicht – auf einmal spüre ich etwas, das sich wie Gott anfühlt.

Fragen Sie mich aber bitte nicht, woher ich das weiß.

Wie fühlt sich Gott denn an?

Seltsam – ich habe keine Ahnung, aber ich weiß genau, dass ich ihn in diesem Augenblick spüre.

Und ich schwöre, dass es keine Einbildung ist.

Für jeden kritisch denkenden und intellektuell gebildeten und sich für vernünftig haltenden Menschen ein Ding der Unmöglichkeit. Ich weiß.

In diesem Augenblick fällt mir auf, dass Angel und Jericho still neben mir sitzen und diesen Schmetterling beobachten. Nicht aufgeregt, als wollten sie mit ihm spielen oder als fänden sie ihn spannend, sondern ganz still. Fast andächtig.

Mir schießt ein sonderbarer Gedanke durch den Kopf: Auch diese beiden Tiere spüren offenbar genau, dass dies ein ganz besonderer, ein heiliger Moment ist.

Dessen ungeachtet breitet der Schmetterling seine Flügel aus und flattert erneut umher. Zwei, drei Mal tanzt er um mich herum. Und da ist auf einmal ein Leuchten in ihm, fast wie ein Lichtstrahl, der mich sucht und schließlich einhüllt. Und plötzlich weiß ich alles, während der Schmetterling oder was immer es war aus dem Fenster fliegt, davon in die Nacht …

Jericho maunzt ganz eigenartig und trollt sich wieder zurück auf seinen Lieblingsplatz, oben im Regal, zwischen meinen Lieblingsbüchern. Und Angel fiept zwei, drei Mal, als wolle er um etwas betteln, und dann legt er sich wieder neben mich und wartet.

Klingt ziemlich abgedreht, nicht wahr? Ist es vielleicht auch.

Doch das ist mir egal. Abgedrehter als Texte, die in einem Heft erscheinen und verschwinden, ist es nun auch wieder nicht. Und verrückter als die Erzählung von Annemarie ebenfalls nicht!

Um noch einen Schritt weiterzugehen: Vieles, was zum Beispiel Jesus getan haben soll, klingt weit unwahrscheinlicher und unglaublicher als ein mitten in einer Sommernacht tanzender Schmetterling, der ein sonderbares Licht ausstrahlt, der mich damit im wahrsten Sinne des Wortes erleuchtet. Warum soll so etwas nicht passieren? Es ist nur eine weitere der unzähligen Wahrscheinlichkeiten, die wir letztlich alle selbst sind.

Ich weiß, dass wir alle letzten Endes Licht sind. Dass die gesamte Welt und das Universum nicht das sind, für was ich sie bisher gehalten habe. Dass sämtliche Materie nur aus Wellen besteht, die nichts weiter sind als Wahrscheinlichkeiten, also nicht real. Die nur dann existieren, wenn sie wahrgenommen werden, wenn man an sie glaubt. Dass auch ich selbst in letzter Konsequenz nur eine von vielen wahrscheinlichen Möglichkeiten bin. Und dass alles, wirklich alles, auf die eine oder andere Weise miteinander verbunden ist.

Klar, ähnliches Zeug hab ich schon von einem Kumpel gehört, der sich mit Quantenphysik befasst. Paul hieß er, und er hat mir mal erklärt, dass Quantenphysik kein abgehobener Blödsinn ist, keine Utopie, Spinnerei oder Phantasterei, sondern Hardware. Dass vieles, was wir längst als selbstverständlich annehmen, ohne die Erkenntnisse aus der Quantenphysik nicht funktionieren würde. Er nannte Laser und CD-Player als Beispiele, und noch einige andere technische Geräte. Ich hab es ihm nicht wirklich abnehmen können, vielleicht hab ich ihn sogar ein wenig ausgelacht. Jetzt weiß ich, dass er absolut Recht hatte.

Er hatte mich damals mit ein, zwei Sätzen, Behauptungen oder Zitaten irritiert, die mir jetzt wieder voll bewusst waren. Gerade er, der mir stets alles andere als religiös erschienen war. Heute ist er berühmt, arbeitet irgendwo in den USA an irgendwelchen grandiosen technischen Entwicklungen.

Damals hatte ich mich jedenfalls mit Händen und Füßen gegen seine Behauptungen gewehrt und ihn als ewigen Besserwisser beschimpft. Musste ich ja, denn er wollte mein Weltbild erschüttern! Unverschämtheit! Wer mein mühsam aufgebautes Gerüst, das mir ein wenig Halt gibt, ankratzen will, dem muss ich doch Paroli bieten. Oder nicht?

„Ein Schluck aus dem Becher der Wissenschaft“, so hatte Paul gesagt, und hinzugefügt, er sei sich nicht sicher, aber er glaube, dieser Satz stamme von dem Physiker Heisenberg, „macht dich zum Atheisten. Aber am Grunde des Bechers – da wartet Gott.“ Jetzt verstehe ich diesen Satz. Man könnte vielleicht, um mich zu beschreiben, das Wort ‚Wissenschaft‘ auch durch das Wort ‚Zweifel‘ ersetzen …

Und dann hatte Paul noch Albert Einstein zitiert. Der soll mal – sinngemäß – geschrieben oder gesagt haben: „Als

Gott das Universum schuf, hat er sich wohl kaum Gedanken darüber gemacht, dass die Menschen es auch verstehen können." Kann man akzeptieren, habe ich Paul geantwortet. Aber dann kam von ihm: „Wenn du wüsstest, Tobias, wie wenig wir wissen, würdest du vermutlich verzweifeln. Alles, was ernsthafte Physiker zu wissen behaupten, ist nur Glaube."

Interessant, nicht wahr?

Paul hatte noch gemeint, es sei schade, dass Wissenschaft und Religion sich immer so feindlich gegenüberstehen. Denn viele Fragen der Wissenschaft könnten durch Gott erklärt werden, und viele Fragen der Theologie durch die Wissenschaft …

Jedenfalls glaube ich Annemarie jetzt diese Geschichte. Sie hat das sicher genau so erlebt. Es ist ihre Wahrheit, ihre Art von Erleuchtung. Und nun habe ich auch etwas erlebt, das mir kaum einer glauben würde: Etwas in mir hat „Klick" gemacht. Einfach so, durch diesen Schmetterling.

Ein bestimmter Knopf wurde gedrückt.

Ein neues Programm gestartet.

Ja, ich habe das bisherige Level offenbar geschafft und ein neues erreicht. Das fühlt sich noch etwas seltsam an, aber schön.

War das alles nun ein Zeichen? Ein Beweis? Ich weiß nicht …

Vielleicht hat sich einst Franz von Assisi ähnlich gefühlt? Damals, als er mitten im Winter, es war bitter kalt, vor einem Baum stand und zu ihm sprach: „Erzähl mir von Gott!" Und der Baum, so verrückt es auch klingen mag, er begann plötzlich zu blühen. Einfach so, wie aus dem Nichts. Auch das klingt unwahrscheinlich, ja unglaubwürdig. Vermutlich hat sich dieser Franz von Assisi das nur eingebildet, hat mitten im Glanz der Wintersonne bereits den Frühling tanzen gesehen?

Na und? Es hat etwas ziemlich Gutes in ihm bewirkt. Und so geht es mir in diesem denkwürdigen Augenblick auch: Da ist ein Gefühl in mir, das ich so noch niemals gespürt habe.

Auch das nur Einbildung?

Oder hat sich einfach eine uralte Sehnsucht aus der Tiefe hochgekämpft, sich von der Last meines kritischen und skeptischen Verstandes befreit und sich damit selbst zu ihrem Recht verholfen? Will sie nun endlich wahrgenommen werden?

Ich fühle mich jedenfalls zum ersten Mal in meinem Leben in dieser Welt wirklich zu Hause. Angekommen. Ich bin am richtigen Platz zur richtigen Zeit. Ich gehöre genau in dieser Sekunde dahin, wo ich gerade bin.

Alles ist richtig.

Das habe ich in meinem ganzen bisherigen Leben noch niemals so gefühlt. Und ich habe Tränen in den Augen.

*

Ich kann sie förmlich schon hören, meine Freunde, Bekannten, Kollegen, Nachbarn.

Wie?

Der Tobias?

Nur wegen eines albernen Schmetterlings, der sich versehentlich in der Zeit geirrt hat und deshalb nachts unterwegs war, der angeblich auch noch geleuchtet haben soll, ist er plötzlich religiös geworden?

Tobias auf einmal gläubig? Dazu noch Christ? Das gibt's doch nicht! Das darf einfach nicht wahr sein. Das ist lächerlich!

Aber es ist wahr.

Da gibt es dieses immer wieder angeführte Beispiel vom Flügelschlag eines Schmetterlings in China, der in letzter Konsequenz einen Wirbelsturm in Amerika auslösen kann, weil alles mit allem auf die eine oder andere Weise verbunden ist, und kein Gedanke, kein gesprochenes Wort und keine Tat ohne Wirkung ist. Wie man darüber auch immer denken mag, bei mir war es so: Ein einziger kleiner Schmetterling in einer Nacht hat einen Sturm in mir entfesselt, ja ein Feuer in mir entfacht.

Ich weiß, das hat nichts mit Vernunft zu tun, nichts mit Verstand und auch nichts mit irgendwelchen Beweisen. Es ist eine Sache des Glaubens. Also des Vertrauens.

Ich habe begriffen: Man muss nicht sehen, erfahren oder wissen, um glauben zu können. Nein, es ist genau andersrum: Man muss glauben, um sehen, erfahren und wissen zu können.

Es gibt eine eigenartige Geschichte von Charles Darwin: Als er und seine Mannschaft mit einem für damalige Verhältnisse riesigen Schiff vor den Galapagos-Inseln lagen, durfte er etwas Sonderbares erleben, das er denn auch in seinen Tagebüchern fein säuberlich notiert hat.

Die dort lebenden Eingeborenen konnten das Schiff nicht wahrnehmen. Sie sahen es einfach nicht! Dabei lag es in Sichtweite, also unübersehbar, direkt vor ihnen im Meer. Die kleineren Boote, mit denen seine Leute vom Strand zum Schiff und zurück fuhren, wurden jedoch von den Eingeborenen gesehen. Nicht aber das große Schiff dort draußen, das war für sie offenbar nicht vorhanden. Und so sahen sie es auch nicht. Sie nahmen es einfach nicht wahr …

Verrückt? Nein, in gewissem Sinne geht es uns allen manchmal ebenso wie diesen Eingeborenen.

Sie kannten solche riesigen Schiffe nicht, so etwas war für sie unvorstellbar. Und was man sich nicht vorstellen kann, ist manchmal offenbar nicht wahrnehmbar. Was nicht sein darf, das kann es auch nicht geben. Oder auch: Was nicht sein kann, das darf nicht sein!

Und jetzt kommt's: Als die ersten von ihnen bis ganz dicht an dieses Schiff gefahren waren und es aus der Nähe gesehen hatten, konnten sie es von nun an auch vom Strand aus wahrnehmen – und den anderen erklären, dass dort wirklich ein in ihren Augen unvorstellbar großes Schiff vor Anker liegt. Doch alle, die es noch nicht aus der Nähe gesehen hatten, glaubten ihnen einfach nicht. Und weil sie nicht daran glauben konnten …

Kommt uns allen das nicht irgendwie bekannt vor? Und landen wir da nicht schon wieder in Bereichen wie der Quantenphysik? Ich kann in gewisser Weise nur etwas wahrnehmen, wenn ich daran glaube! Das behaupten die Physiker – und sie haben dafür handfeste und verblüffende Beweise.

Es ist unbeschreiblich und nicht in Worte zu fassen, was ich in diesem Augenblick fühle …

Ja, es stimmt tatsächlich: Erst wenn ich an etwas glaube, kann ich es wahrnehmen. Es gibt dafür viele alltägliche Beispiele, die wir alle kennen. Ein Mensch, der nicht glauben kann, dass er geliebt wird, der wird die Liebe eines anderen auch dann nicht spüren, wenn der sich noch so sehr anstrengt. Er spürt es einfach nicht, und was er oberflächlich vielleicht sogar sieht oder hört, das glaubt er ja nicht. Wie soll sich so einer jemals geliebt fühlen? Oder wenn er zwar so tut, als glaube er daran, aber insgeheim hält er sich für nicht wirklich liebenswert – er wird sich niemals so richtig geliebt fühlen. Das wird er erst, wenn er es überhaupt für möglich hält, also an die Möglichkeit glaubt, dass er geliebt werden könnte!

Selbst im Sport, im Beruf – wo auch immer: Erst wer an sich und seinen Erfolg glaubt, der wird Erfolg haben. Das weiß eigentlich jeder …

Und so ist es auch mit dem Glauben: Solange ich zweifle, solange ich nur zu glauben versuche, solange ich also nicht glaube – solange kann ich die Erfahrung des Glaubens nicht machen. Jeder, der das noch nicht erlebt hat, wird daran zweifeln, wird skeptisch sein, wird sich selbst im Weg stehen, auch wenn er noch so gerne glauben würde.

Doch wer die Erfahrung gemacht hat, der weiß es.

Ich weiß es jetzt.

*

Gleich morgen früh werde ich Annemarie anrufen, mich bei ihr entschuldigen und ihr sagen, dass ich künftig versuchen will, wirklich zu glauben.

Nicht so wie all die Christen und anderen religiösen Menschen, die ich kenne, die sich auf ihre Weise sicher Mühe geben, aber letztlich noch nicht schaffen, was sie gerne wollen.

Anders will ich es machen – nämlich dem Leben wahrhaftig und wirklich vertrauen. Mich dem Göttlichen anvertrauen, mich hingeben und mein Bestes dafür tun, nicht nur zu reden und zu glauben, sondern es zu leben.

Gabriel hat mich inspiriert, dieser „Engel" hat auch mir dieses Feuer geschenkt. Ich weiß jetzt, dass Glaube niemals blinder und unkritischer Gehorsam sein darf. Nein, echter Glaube ist eine kraftvolle innere Überzeugung, die stark genug sein sollte, sich selbst in Frage stellen zu können. Die keine Angst haben muss, auch nicht vor Kritik. Die nicht die Augen vor historischen Tatsachen und Erkenntnissen, vor Verdrehungen und Fälschungen verschließen muss. Eine Überzeugung, die fest und sicher genug ist, um auch akzeptieren zu können, dass unser Glaube manchmal fehlerhaft und unvollständig ist und keinesfalls perfekt sein kann. Die sich dessen bewusst ist, dass die Bibel nicht Buchstabe für Buchstabe und Satz für Satz wirklich von Gott ist, sondern dass sie von Menschen geschrieben wurde. Mag sein, dass sie dabei von Gott inspiriert wurden, trotzdem waren es letzten Endes nur Menschen mit all ihren Fehlern und Schwächen. Eine innere Überzeugung, die das Wissen beinhaltet, dass aus diesem Grunde vieles in der Bibel zwangsläufig widersprüchlich und unbegreiflich sein muss, sie aber auch viel Weisheit in sich birgt. Eine Gewissheit, die schließlich und endlich keine Buchstaben benötigt, um sich an ihnen festzuhalten, sondern vor allem Liebe. Gelebte, praktizierte! Liebe zu seinen Nächsten und Liebe zu sich selbst. Das ist es, was trotz allem ein ungeheures Feuer in uns entfacht – gerade weil wir dann nicht angstvoll sind, sondern frei!

So viele, die ich kenne, glauben nur zu glauben.

Eigentlich möchten die meisten es sicher gerne richtig machen, ehrlich und von ganzem Herzen. Sie bemühen sich wirklich. Sie versuchen es ernsthaft, nur genügt das nicht. Es muss getan werden!

Und so will ich glauben: es einfach tun! Mich voll und ganz darauf einlassen, mich hingeben, mit ganzer Seele und aus vollem Herzen! Mich anvertrauen!

Ja, ich weiß, so etwas klingt nicht gerade zeitgemäß. Wer will sich schon total auf etwas einlassen, sich hingeben? Das klingt so nach Fremdbestimmung und ist uns gar nicht geheuer. Das sollen, wenn schon, dann doch lieber die anderen machen.

Und sich jemandem anvertrauen? Wer weiß, was da mit einem passiert? Kommt nicht in Frage!

Aber – ich fühle, dass es der einzige Weg ist: Es fällt so unendlich schwer, diese Arroganz unseres Egos abzulegen und zugeben zu müssen, dass wir niemals alles im Griff haben, dass wir nie und nimmer alles kontrollieren können, dass wir letzten Endes – so oder so – ausgeliefert sind.

Ausgeliefert?

Ja, das sind wir. Mehr als uns lieb ist.

Kein gutes Gefühl? Aber sich selbst ausliefern, sich also hingeben und anvertrauen … das ist selbstbestimmt! Es ist meine Entscheidung! Und es geht mir gut damit, besser als jemals zuvor. Warum also nicht?

Die Frage, ob Gott – oder wie immer man ihn nennen mag – zu beweisen ist oder nicht, interessiert mich plötzlich nicht mehr. Es ist ebenso verrückt wie unglaublich: Ich weiß es einfach. Da ist etwas. Ob man es nun Gott nennt oder anders, da ist etwas!

Doch selbst wenn es einen Gott gar nicht geben sollte – ein gutes Leben werde ich dennoch zu führen versuchen. Und allein das ist es allemal wert, sich einfach dem Leben anzuvertrauen und zu glauben.

Ob es mir gelingen wird?

Annemarie wird mir helfen, da bin ich sicher. Vielleicht auch dieser Gabriel?

Und Gott weiß, wer sonst noch …

*

****

****

****

****

Engelsfeuer

Heinz Körner

Engelsfeuer

Phantastische Erzählung

Bibliografische Information der Deutschen Bibliothek:
Die Deutsche Bibliothek verzeichnet diese Publikation in der Deutschen Nationalbibliothek; detaillierte Daten sind im Internet über <http://dnb.ddb.de> abrufbar.

9 783940 808028

Belletris-Verlag

www.belletris-verlag.de

(D) € 12,90

Herstellung: Books on Demand, Norderstedt

Titelbild: Philipp Ludwig & Dany Baron
Umschlaggestaltung: Tamara Pirschalawa
Lektorat: Tamara Pirschalawa
ISBN: 978-3-940808-02-8

Statt eines Klappentextes

Geht es Ihnen manchmal auch so?

Sie bekommen neue Kollegen oder Nachbarn oder lernen neue Menschen kennen – und das sind Christen. Oder Sie treten eine Stelle in einer christlichen Einrichtung an.
Sie lernen also Christen kennen und freuen sich. Denn Sie gehen davon aus, dass es sich hier um Menschen handelt, die sich zumindest ernsthaft bemühen, christlich zu denken und zu leben, die sich also auch entsprechend verhalten und gut mit ihren Mitmenschen umgehen. Die sich weitgehend nach den zehn Geboten zu richten versuchen. Die nach Möglichkeit im Geiste von Jesus Christus handeln – oder sich wenigstens human verhalten.

Und dann kommt die Ernüchterung: Auch bei Christen wird intrigiert und gemobbt, wird gegiftet und gestichelt, werden hinter dem Rücken anderer Gerüchte über sie verbreitet. Da wird ebenso gelogen und gestohlen, fremdgegangen und betrogen – wie überall sonst auf der Welt.
Und Sie fragen sich unwillkürlich: Finden diese Menschen ihre Religion denn nicht gut genug, um einigermaßen danach zu leben?

Und kennen Sie auch das?

Sie reden mit einem Gläubigen, z. B. mit einem Christen. Sie stellen die eine oder andere berechtigte Frage und stellen verblüfft fest, dass diese Leute scheinbar ihren Verstand, ihre Intelligenz und jegliche logische Vernunft vergessen, sobald sie über ihren Glauben und ihre Überzeugungen reden. Selbst die unwiderlegbare Realität wird unter Umständen schlicht geleugnet, nur damit es wieder ins System passt.

Und wieder fragen Sie sich unwillkürlich: Wozu hat ihr Gott ihnen dieses großartige Geschenk namens Gehirn gemacht, wenn sie es nicht hin und wieder benutzen?

Oder kommt Ihnen das bekannt vor?

Sie spüren genau, dass z. B. ein überzeugter Christ einfach nicht zu seinen Gefühlen stehen kann, sie unterdrückt oder gar leugnet. Dass er so tut, als gäbe es für ihn bestimmte Emotionen gar nicht. Und das alles nur, weil es nicht so richtig in sein Weltbild und zu den Vorstellungen seines Glaubens passen würde. Was nicht sein darf, das gibt es einfach nicht – auch wenn es nun mal da ist.
Und Sie fragen sich wieder: Warum weisen Christen diese kostbare Gabe Gottes, fühlen zu dürfen, so von sich, warum verachten und negieren sie manche Gefühle?

Dann haben Sie sich für das richtige Buch entschieden. Herzlichen Glückwunsch! Sie werden ein paar erstaunliche Dinge lesen – von der einen Seite, aber auch von einer anderen Seite …

Manchmal, liebe Leser, manchmal ist es sinnvoll, eine Sache mal von einem anderen Blickwinkel aus zu beleuchten, sie von der anderen Seite aus zu sehen, den Standpunkt zu wechseln und alles aus dieser Sicht zu betrachten. Also gewissermaßen das Buch umzudrehen und es von der anderen Seite zu lesen.

Heinz Körner, Jahrgang 1947, Autor (und Herausgeber) zahlreicher Bestseller (wie z. B. „Johannes“, „Sarah“, „Die Farben der Wirklichkeit“, „Alle Farben dieser Welt“, „Eifersucht“ u. a.), legt hier mal wieder ein ungewöhnliches und verblüffendes Buch vor, das Sie noch lange beschäftigen wird.

Alles hat zwei Seiten.

Mindestens.

Sie denken jetzt vielleicht: Okay, das ist ja nichts Neues. Um das zu erfahren, muss ich doch kein Buch lesen. Stimmt. Aber – sollte uns diese Tatsache nicht viel öfter bewusst sein?

Hell oder dunkel. Gut oder schlecht. Mann oder Frau. Tag oder Nacht. Gläubig oder ungläubig. Vorne oder hinten. Rechts oder links. Ihnen fällt sicher noch so manches dazu ein.

Ich finde, wir sollten den Mut haben, jederzeit auch mal die andere Seite zu sehen, zur Kenntnis zu nehmen, zu beachten – und nicht zu verleugnen oder so zu tun, als stünden wir ganz sicher auf der einzig richtigen Seite.

Zu oft erweist sich das nämlich als fataler Fehler …

An dieser Stelle muss ich auf diesen Umstand aufmerksam machen, denn das Lesen dieses Buches ist nicht ungefährlich. Sie fangen womöglich auf dieser Seite an – und hören auf einer ganz anderen auf. Vielleicht sogar als anderer Mensch.

Klingt seltsam, nicht wahr? Ist es auch. Vor Ihnen liegt ja auch ein seltsames Buch. Denn es hat, wie alles im Leben, zwei Seiten. Wenn Sie es hier aufgeschlagen und zu lesen begonnen haben, werden Sie bald feststellen, dass dieses Buch gar nicht hier anfängt. Oder doch?

Was auch immer Sie sind, also zum Beispiel überzeugter Christ oder begeisterter Skeptiker – es könnte Ihnen passieren, dass dieses Buch einiges in Ihnen verändert.

Das muss nicht negativ sein. Im Gegenteil – es erweitert zumindest schon mal Ihr Spektrum.

Doch sollten Sie das vorher wissen und beachten. Denn wenn Sie gerade nicht in der Stimmung sind, Ihre Welt unter Umständen gründlich auf den Kopf stellen zu lassen, dann legen Sie dieses Buch bitte wieder beiseite. Ja! Im Ernst! Legen Sie es wieder weg.

Es ist jetzt gerade nichts für Sie. Denn es könnte tatsächlich passieren, dass Sie am Ende wieder hier, also am Anfang, landen. Oder sind Sie am Ende, wenn Sie am Anfang sind, wirklich am Ende? Oder vielleicht doch am Anfang?

Weiß man immer so genau, wo man eigentlich gerade steht? Nach der Lektüre dieser Seiten werden Sie eines wissen: Dieses Buch ist verwirrend. Alles wird anders sein. Völlig neue Voraussetzungen, ein bisher unbekanntes Weltbild, ganz andere Ansichten, neue, ungeahnte Gefühle …

Wenn Ihnen das zu beunruhigend ist, und Sie das jetzt nicht wollen, lassen Sie es! Hören Sie bitte hier auf zu lesen! Ich meine das ernst!

Nehmen Sie das Buch dann lieber später wieder zur Hand, wenn Sie sich stark und mutig genug fühlen. Wenn Sie offen dafür sind. Wenn Sie innerlich so gefestigt sind, dass Sie auch mal über kritische Fragen nachdenken können. Oder ertragen können, dass Ihr bisheriges Weltbild vielleicht nicht das einzig richtige war.

Ansonsten, wenn Sie es trotz aller Warnungen wagen wollen, dann drehen Sie das Buch jetzt bitte um, auf die andere Seite. Denn dort beginnt es. Wie fast alles, so beginnt auch dieses Buch auf der anderen Seite. Ja, wir alle haben auf der anderen Seite angefangen. Und jetzt sind wir hier. Und nicht

wenige fragen sich, wie es weitergeht. Auf dieser Seite allein finden Sie die Antwort sicher nicht.

Ein Mann, der so manches mit den Augen einer Frau sieht, wird es besser verstehen (na ja, vielleicht nicht so richtig, aber immerhin ein bisschen besser). Eine Frau, die unsere Welt mal mit den Augen eines Mannes zu betrachten versucht, weiß mehr als vorher. Eltern, die etwas auch mit den Augen ihrer Kinder sehen, können eine Menge lernen. Überhaupt ist es stets von Vorteil, die Dinge immer wieder auch von einer anderen Seite kennen zu lernen.

Und so müssen Sie, wollen Sie etwas mehr als bisher verstehen, dieses Buch auf der anderen Seite beginnen – es also umdrehen und von der Rückseite (?) aus lesen, um zu einem Ganzen zu kommen.

Dann werden Sie dieses Buch vielleicht hassen. Oder auch lieben? Aber es wird etwas bewirken …

Nur Mut ...
... von dieser Seite aus geht’s nicht weiter, jetzt gilt es, das Buch wirklich von der anderen Seite zu lesen.